야생말들이
툭툭
얼음장을 두드린다

빗방울화석 시집 아홉 번째
야생말들이 툭툭 얼음장을 두드린다

초판 1쇄 2014년 6월 10일

지은이 빗방울화석(김일영 외)
펴낸이 조재형

펴낸곳 도서출판 빗방울화석
주소 경기도 파주시 교하읍 문발리 파주출판도시 535-7
전화 010-3757-5927
이메일 kailas64@daum.net

등록 2004년 12월 13일(제300-2006-188호)

ⓒ빗방울화석, 2014, Printed in Korea
ISBN 978-89-960035-7-1 03810

이 도서의 국립중앙도서관 출판시도서목록(CIP)은
서지정보유통지원시스템 홈페이지(http://seoji.nl.go.kr)와
국가자료공동목록시스템(http://www.nl.go.kr/kolisnet)에서 이용하실 수 있습니다.
(CIP제어번호: CIP2014011833)

야생말들이 툭툭 얼음장을 두드린다

빗방울화석 시집 아홉 번째

빗방울
화석

시 앞에

두류산 물과 금대봉 물이
조강을 이루어
잔잔히 흐르는 곳에
섬 하나 머물러 있다.

마포 나루로 가기 위해
사공들이 주막집에서 물때를 기다리던 곳
홍수에 떠내려온 북한 황소가
상처 난 채 몇 달
저어새와 살아가던 곳
머무루섬*,

한남정맥을 타고 문수산 아래
매화미르 마을에 온 사람은
어디를 가든 그 섬을 거쳐 간다.
뒤엉킨 철조망을 따라오는
초병의 불안한 눈빛과 마주치며
대간에서 정맥 사이를 왔다 갔다 하다가
머무루섬에서 유도까지 핏줄이 도는 순간
다시 대간에서 정맥을 향해 내닫는다.

2014년 6월
빗방울화석 시인들

*비무장지대에 있는 유도의 옛 이름.

차 례

3부 낙동정맥으로

4부 낙남정맥으로

6부 몽골의 한국 시인들

1부 백두대간에서

일행길

신대철

눈 쓸리는 계단, 그 옆에
나란히 놓인 짐승 발자국

태생길인 줄 알고
오르내린 두 길 앞에서
잠시 망설이는 동안
도토리나무와 박달나무 사이로
눈 알갱이 반짝이는 일행길,
앞서가는 이들이 꾸욱 다지고 간
일행길 속으로 들어서니
뜨거운 기운이 온몸에 퍼진다

백두산, 덕유산, 육십령, 붉은부리까마귀

영취산 정상에 이르러
일행길은 일행 속으로 사라지고
굽이쳐가는 대간길만 남는다.

그 바람이 어찌 좋던지
매봉산에서

손필영

그 바람이 어찌 좋던지
사람들은 매봉산으로 가네
그 바람이 어찌 좋던지
온 산 뒤덮은 배추는 돌을 뚫고 오르네

그 바람이 어찌 좋던지
꽃이란 꽃은 보랏빛으로 피네

능선은 둥글다 외 4편

윤석영

소백산 둥근 능선을 가슴까지 끌어올리고
초원의 바람에 몸을 싣는다

능선으로 이어지는 발걸음
곰배령 한계령풀꽃 스치고
대청봉에서 몸 낮추는 바람꽃을 지날 때쯤
발끝에 채이는 흙내 코끝에 싸하다
더 북쪽 대간길을 치달아 올라가면

금강초롱 환하게 밝혀놓고 만물상 아래 시화전
이 열렸다
낮익은 얼굴 그대와 인사를 나눈다, 잘 있었느
냐고 반갑다고 조심스레 주고받는 몇 마디 말과
발그레한 미소, 여백 사이로 언뜻언뜻 내비치는
왠지 모를 서글픔은 애써 감추고 어릴 적 뛰어놀
던 동네 골목길이 배경으로 펼쳐진다, 절제된 한
편의 시화가 완성된다

그대 수줍게 미소 지을 때마다 금강산은 온통
발그레한 단풍, 흔들리는 옥빛의 물결

모든 게 둥글어지는 능선에 올라서면
잊고 있던 얼굴들을 만난다

발그레한 둥근이질풀에서 수줍은 금강초롱까지

가을, 길을 열다

무덥던 여름이 지고 가을이 왔다

부드럽게 머리칼을 쓸어넘기는 커다란 손길, 그 끝에 여름내 안 보이던 길이 보인다

앞산을 밀어올리는 가을꽃, 빈터를 가득 채우는 아이들
어느새 맑은 북한산이 동네까지 내려와 있다
지난 가을 속리산으로 이어지는 길, 무리지어 백두대간을 타는 일행들이 보인다
누군가 소리친다, 저 산문의 빛깔들을 좀 봐!
지리산으로 금강산으로 백두산으로 뻗은 저 빛깔들을!

(한줄기 쏜살같이 뻗은 길, 천리만리 끝에서 소월을 만나고, 마가리에 들러 갈매나무 백석을 만나리, 백두에 올라 저 아래 명동의 동주를 만주의 육사를 만나리, 치달아 올라 대간으로 하나가 되던

그 오롯한 마음들을!)

또 한 계절이 왔다 가고
잊고 있던 것들이 다시 새순처럼 올라온다
가을, 시의 길이 무한히 열려 있다

나를 이끄는 것

고향 마을까지 내려온 산 그림자
더 높은 곳으로 이어지는 산 능선

뒷동산에서 대간으로 이어지는 길, 일행들과 걷
고 혼자서도 걷는다, 땡볕 아래서 걷고 눈밭에서도
걷는다, 해가 질 때까지 걷고 무릎이 꺾일 때까지
걷는다, 새소리, 물소리, 꽃 피는 소리에 취해 걷
고 앞선 발자국들 지우는 산안개 속에서도 걷는다

걷고 또 걸어도
꽃향기 올라오는 남쪽 능선이 궁금하다
단풍 내려오는 북쪽 능선이 여전히 궁금하다

단풍을 넘어
꽃향기를 넘어
산 능선으로 나를 이끄는 것은 무엇인가

남쪽과 북쪽의 경계가 능선에 걸려 있다

대간길 1

물러나 앉을수록 대간의 속내가 드러난다

사람 두려워할 줄 모르는 박새들의 산
숲속 가득 연둣빛 밀어올리는 소황병산 걷다 보면
발끝에서 샘물이 솟는다

사방천지 모데미풀 깔깔대고
노랑무늬붓꽃 수줍어하는 소백산 산상초원에선
꽃말을 엿듣고 싶어진다, 세상 고요해질 때까지

어느새 불타오르는 오색
노을인지 단풍인지 모를 어디쯤에서 나는 문득
울고 싶어졌다, 지극한 아름다움 앞에서

그렇게 한 계절을 놓치는 동안
순식간에 태백산 눈꽃이 세상천지를 바꿔놓는다
눈사람 몇 서성이다 다시 고요해진다

대간길 2

예닐곱 혹은 여남은 명씩 무리지어 대간길을 걷
는다, 언젠가 보부상이 걷고 장돌뱅이가 걷고 빨
치산이 걸은 이 길을 지금은 대간꾼들이 걷는다,
실크로드의 소금보다 황금보다 더 귀중한 것들을
서로의 마음 컨컨에 품고서 걷고 또 걷는다

끝없는 행렬 어디쯤에 시화*를 지고 구룡폭포로
다시 만물상으로 향하는 일행도 보인다

*2004년 봄 시 동인 '빗방울화석'은 분단 이래 최초로 금강산 구룡폭
포와 만물상 구역에서 시화전을 열었다.

속리산 연리지는
선덕원* 훈이에게

이성일

속리산 천왕봉 오를 때였어
문장대로 뻗어 있는 새파란 대간길과
드높은 봉우리와 수려한 암벽들이
사람들의 시선을 사로잡는 동안에도

내 눈에는 자꾸 네가 어른거리더구나
세상 등진 이들의 속내처럼
속리를 돌고 돌던 모진 바람이
사정없이 후려치고 흔들던 너,

얼르고 달래도 혼자 고집 피우고
혼자 어긋매기다 구석에서 늘
두 팔 들고 벌 서던 너,

네 모습이 밉다가도 가여워
굴피처럼 거칠어진 품에 안으면

도망간 엄마 밉다고

엄마도 아저씨도 다 개간나라고
씩씩거리며 참았던 울음을 터트리던 너,

하루는 아내 곁에 슬쩍 다가가
"아줌마 애 키우기 힘들죠" 하고 묻던 널 보고
녀석 철들었네 하고 웃으려다가
고개를 바닥까지 떨군 네가, "아줌마
나좀 키워주면 안돼요?" 하고
중얼거리던 네가, 무서웠어

널 버리고 도망간 엄마처럼
나도 마구 달아나고 싶었어
죽지 못해 산다는 말 들을 때마다
숨이 턱 턱 막힐 때마다
너의 목소리가, 안 보이던 눈초리가
굴피 같은 내 가슴을 할퀴더구나

회초리처럼, 말라가던 어린 굴피나무가

뭐라도 붙들고 살아보려고
또 어린 굴피나무에 가지를 기대려다
이리저리 생채기만 남기는
속리산 천왕봉 바위 밑에서
새파란 대간길을 한남금북정맥 길로
바꿔 걸었어, 정맥 길 잃어버리고
산자락만 붙들고 내려오던 내내

두 가지가 한 상처를 감싸고
단단하게 얽혀 있는 연리지가
속리산을 휘감고 올라가면서
내 부끄럽던 속내를 확
낙엽처럼 떨구더구나

* 서울시 은평구 응암 2동에 있는 아동복지시설.

전나무 아래로 외 1편

이승규

마을이 떠났다

빈터에 서성이던 눈발이
아이들을 기억하려 읊조리는
허밍처럼

끊어지다 은은하게 이어가는 사이
시린 햇빛 내리고 만항재
흰 숲이 반짝거릴 때
네가 남겨두고 떠난 길을 걷다
후둑,
목덜미에 부서지는 눈덩이

누가 흔들었을까
저 높은 가지에 올라

흰수염 아이
태백산에서

거제수나무 곁
내가 쇠딱따구리
내가 두꺼비
내가 개미

산 위에서 밑에서
우박비에 쫓겨

커단 양팔 품에 곤히
깃들수록 세어만 가는
나도 풀
나도 바위
나도 거제수 아이

백두대간 들머리 외 2편
연길공항에서

장윤서

어릴 적, 가끔 들어서 알고는 있었는데
전쟁 때 월북했다던 고모들의 생사가 막연히 궁
금했어
생각날 때마다 몇 번을 물어봐도
아버지는 대답을 못 하셨어, 안 하셨어

향로봉 정상을 짓누르던 시커먼 비석
대간의 묘비 같았어
그 너머는 꿈도 꾸지 말자는 듯
우리는 모두 침묵했었지
아버지 같았어

그 길 너머가 궁금했어
향로봉 비석 너머, 철책선 너머
금강산 비로봉 쪽으로는 갈 수 없었던 갈림길
그 너머, 두만강 발원지 국경을 넘어
억세게 악수했던 북한군 청년의 손길
너머 그 너머가

길이 가려다 끊겼어, 넘어가려 해도 다시 돌아
와야 했고, 알 것 같다가 잊혀졌고, 가슴이 뛰려
다 갑자기 멈췄다가, 노래로 흐르려다 다시 흩어
졌어, 분노였다가 아니었다가, 사랑으로 변하려다
순식간에 사라졌고, 한으로 남으려다 슬픔이었는
지, 그리움이었는지, 서서히 말라만 갔던,
　끊긴 길

　안개로 지연됐던 연길행 비행기
　공항 검색대 삼엄한 검문 너머
　초조하게 누군가를 기다리고 있는 연변 사람들

　내 피가 기억하고 있는 사람들

　끊긴 길
　아직까지는 돌아가야만 이어지는 길
　여기, 저 사람들도

그 너머인가

연길공항을 나선다
지도도 나침반도 없다
백두대간이 시작된다

아이 되오

체감온도 영하 45도
화산재인 듯 휘몰아치는 눈보라
한국인도 중국인도 보이지 않는
화이트아웃*

추위가 대폭발한 밤
하얀 어둠 뒤편에서 터져 나오는
장백폭포의 굉음
그 소리의 고향을 찾아가고 싶었어

아이 되오
아이 되오
조선족 일행들의 간곡한 만류

옳습니다, 아이 될랍니다
너, 나 없이 지워지고
하늘의 경계도 무너져 날뛰는 밤
국경도 모르고

민족도 모르는
철없는 아이가 되어
눈보라 따라 솟구쳐
천지에서 한없이 쏟아질랍니다

*강설과 산안개로 인해 시계가 하얗게 되고 원근감이 없어지는 현상.

부러지겠다

밑동 굵은 소나무
눈비탈로 가지 뻗고
지난 날 다 놓은 듯 엎어져 있다

제가 그랬다는 듯 딱따구리
커다란 나무를 움켜쥐고
부러트릴 기세로 힘차게 쪼아댄다
설악을 따다다 울리는 소리
솔잎 잔설들이 떨어진다
부리가 참으로 진실하다

금강굴 밖
화채능선 대청봉 공룡능선
말없이 오래오래 진실하다

능선을 바라보던 스님은
무엇이 부러졌을까
스님은 출타 중

목탁만 덩그러니

고요한 금강굴

능선 따라 어디로?

오하나

소백산 능선 따라 비로봉에 간 사람이 있을까
신록을 몰고 달려오는 바람에
모자도 정상도 놓치고 와아!
능선 따라 가는 이들 어디로 가고 있을까

하늘 위 능선이 너를 향한다
서문여고 닫힌 교문을 넘어 함께 달렸을 때처럼
네 숨소리 따라 길은 올라갔다 내려갔다
몰랐던 이야기 사이사이로
처음 보는 흰 꽃이 피어 있다

능선 아득해지는 곳에서 나란히 사진을 찍는다
곧 캐나다로 떠날 너는 '나중에 애들 보내' 하며
멀찍이 브이를 그린다
한창때라는 철쭉은 불그름한 빛만 남고
나는 언젠가 이 사진을 보며
눈빛 깊어질 너를 향해 브이

소백산 능선 따라 가는 이들
비로봉일랑 잊고 어느새 산 밑이라면
거기서부터 능선은 더 깊어지고 있지 않을까

네가 어디 있든
능선 저편은 너 있는 곳이다

봉성산

김연광

지난 밤 화엄사 아래
지리산 간다고 와놓고 깨보니 한낮
5일장 팥칼국수로 배를 채우고
봉성산에 오른다

공무원 시험 공부하는 언니와
백수인 내가 구례에 온 줄
아무도 모르게 하려고
잠깐 다녀가려고 왔는데

봉성산에서 지리산이 다 보인다
섬진강이 다 보인다
조용조용 다녀가려고 왔는데
소리 내며 열리는
눈
코
귀

2부 한남정맥으로

혜산의 콘세트 작업실 1 외 1편

신대철

금광 저수지 느티나무 옆을 지나
담장 사이로 구불구불 들어가면
맨 끝 집이 혜산 선생님 작업실.

내 기억 속에는 오홍리
동네 이름보다
돌, 물, 감나무, 왕퉁이, 원두막이 있는 곳,

이십여 년 전인가, 산기슭에 콘세트* 하나 덜렁
놓여 있을 때 물길을 대려고 혜산 선생님과 뒷산
에 올랐다. 골 파고 보 쌓을 때마다 저 새, 저 나무
좀 봐, 저 뿌리는 다치지 않았겠지, 저 생명붙이들
과 물을 나눠 써야 하는데 미안하네, 미안하네 하
시었다.

혜산 선생님은 한 달에 한두 번 작업실에 내려
오셨다. 남한강 돌밭에서 탐석한 수석과 다시 한
번 강렬히 만나고 시 쓰고 한가해지면 고목 뿌리

로 조각상도 만들고 산속에서 막 올라온 속봉우리
같은 서운산을 바라보며 명상에 잠기셨다.

　나직한 음성, 따스한 눈빛

　일상으로 돌아온 혜산 선생님은
　갓 지은 원두막 송진 냄새에
　웽웽거리는 왕퉁이 떼를
　뻑뻑꾸욱 뻑뻑꾸욱
　허리 굽혀 손뼉 치면서
　들소년이 되어 왕퉁이 떼 몰고
　사갑들**로 고장치기로 돌아다니다가
　햇빛과 바람과 별에 흠뻑 젖어
　신촌 언덕 집으로 올라오셨다.
　그날 저녁엔 언덕이 아득히 올라가 있었다.

* 야전 천막.
** 혜산 선생님은 봉남동 360번지에서 태어나 샛말, 가터, 양협, 평촌(벌말,
고장치기) 등 사갑들 일대를 18세까지 옮겨 다니셨다.

혜산의 콘세트 작업실 2

원두막 사라지고
콘세트도 사라지고
단아한 집 하나,
뜰에는 강돌이 모여 있다.
강줄기 휘어감은 돌 사이
물살 굽이치는 포탄리 미석(美石) 앞에서
나는 주춤거린다.

바람이 분다, 땡볕이 쏟아진다
그날* 우리는 나란히 시외버스에 앉고 나룻배를
타고, 물과 바람과 해를 끼고 나란히 강둑을 걸었
다. 포탄리 돌밭에 이를 때까지 묵묵히 걸었다. 강
기슭에 이르자 선생님은 맑은 물속을 더듬어 오석
몇 개를 끌어 내셨다. 오석은 물빛이 마르면서 질
감이 드러나고 리듬이 살아났다. 흙, 불, 바람, 돌
안에서 뭉쳐나오는 빛이 면마다 꿈틀거렸다. 수억
년 동안 돌덩어리들 부딪치고 쪼개지고 구르면서
약한 힘은 떨어지고 강한 힘만 남은 먹빛, 물과 모

래와 돌밭과 인간을 압도하는 먹빛, 그 빛으로 선생님은 그림을 그리고 난을 치고 피리를 불고 인류의 구원과 민족의 자유를 위해 신앙시를 쓰셨다. 가만히 그 빛을 끌어안고 손으로 어루만지면 손끝으로 뜨거운 기운이 들어왔다. 인간을 인간이게 하는 인간적인 것 일체가 하나씩 분해되어 대기로 돌아갔다.

선생님은 돌들을 돌려 돌 하나하나에 형상을 주고 감추고, 제 힘으로 온전히 서는 돌에 표시를 하고, 혼자 한없이 내려가셨다가 물줄기를 거슬러 오셨다. 나도 선생님 반대편으로 올라갔다가 송장헤엄치며 물소리에 취해 내려왔다. 어둠이 아래에서 올라오고 위에서 내려와 함께 만나는 지점은 어둑어둑해지고 있었다. 은은히 떠오르는 공제선 위에 생명을 받은 돌들이 선생님의 뒷모습을 비치고 있었다.

그날 선생님은 빈손으로 돌아오셨지만

뜰에는 어둠에 묻히는 강돌과
선생님의 어둑한 뒷모습이
돌 사이사이를 흐르다
미석에 스며든다.

나는 가만히 미석에 손을 대본다.
가슴속으로 먹물빛 번지면서
뭉쳐진 힘이 꿈틀거린다.

* 혜산 선생님이 신군부 정권하에서는 어떤 일도 하지 않겠다고 예술원 회원을 거절하신 날. 혜산 선생님은 그로부터 10년이 지난 뒤 예술원 회원(1996년)이 되셨다. 그리고 2년 후 영면하셨다.

문수산 역암*

김일영

초가을 문수산 산행은 여치가 선등이다
여치 놓치고 발길에 채이는 역암 하나 집어들어
보면
잘 차려진 밥상 하나 내게로 와 나는
그 상에 허천든 듯
돌에 돌들이 박힌 역암길 안에 든다

가끔씩 들리던 매미소리가
배고픔의 주문처럼 현란하게 들릴 때
나무들이 비껴 서고 햇볕에 노출되어
조금씩 내몰린 역암은 어느덧
빙하기에 가 닿는다
각자의 모습으로 분해된 역암은 빙하를 닮았다

빙하기의 푸른 절망으로부터 빠져나온
새파란 역암 하나가 내 가슴을 두드린다
시간의 힘줄을 타고 언젠가
본래의 이름으로 불리울 역암

산행 내내 손에 들려 있던 역암 하나 내려놓고
문수산을 빠져 나오면서 잊었던
내 이름을 불러본다

* 자갈이 주요 구성물이며, 그 사이를 모래 · 진흙 · 탄산칼슘 등의 교결물
질(膠結物質)이 메운 퇴적암.

보구곶*으로 향하면서 외 1편

손필영

연잎과 햇볕은 다정하게 수런거린다

칠장산에서 문수산까지 나는 숨길로 오지 않고
산길로 왔다.
마루금을 밟고 어깨 두드리는 나뭇가지에 숨소
리도 걸어보지만
대간을 피해 목숨을 걸지도 않았고
정맥을 타고 사람을 품지도 않았다
강 건너 황해도 월암을 보면서 나를
몰아왔던 길을 벗기 위해 보구곶을 찾는다.

수숫대에 걸린 농로를 따라 무수히 평행선을 긋
는다
보구곶은 간 데 없고 철조망.

어느새 바다도 검붉게 타들어갔다.

*칠장산에서 흘러온 한남정맥이 문수산을 지나 바다와 만나는 지점이다.

48

계양산*

   계양산은 산길로 오르지 않고 나무계단으로 오른다
  무덤 이장 공고문을 읽으면서
  무너진 성벽 위로 이어진 길

  사방
  안개, 우뚝 선 아라뱃길
  어른거리는 가을 평야

  팥배나무 열매 요동치는 사이
  계양산을 주머니에 넣고 내려온다
  책상 위에 올려놓고
  노을 속으로 살짝 밀어본다
  계수나무 옆에 계양산이 서 있다

*계수나무와 회양나무가 많아서 붙여진 이름이다.

문수산성에서

윤석영

아무런 소식도 날아들잖는 바람 잔잔한 날
정맥의 끝자락을 찾아 걸어 들어가면
먹이를 찾아 내려앉는 곤줄박이가 정상에서 반
긴다

저 작은 몸짓 어디에 비상의 꿈을 품었을까
서해의 아픈 역사를 모른 채 무심한 듯 날아오
른다

병인양요와 신미양요의 흔적마저 잠잠해진 문
수산성 앞바다다, 오후의 햇빛이 은어 떼처럼 반
짝이는 한가로운 바다다, 예성강과 임진강이 하나
되어 흐르는 평화로운 바다다, 하지만 서해는 아
픈 기억이다, 뜬금없이 평화를 깨뜨리는 어뢰와
포성이다, 핏빛 바다다, 거꾸로 흐르는 음모의 바
다다, 무고한 생명의 피맺히는 절규다, 붉은 울음
바다다, 그건 끝내 역류하고 마는 첨단의 역사다,
희생의 역사다

어수선한 나를 툭 치며 날아오르는 작은 새
바다가 아니라 서해 최전선이어야 하는 우리에게
새의 비상은 차라리 푸르다, 저건 생존의 몸부
림이어서 푸르다
과거를 잊고 다만 현재의 정점에서 날아오르는 새
처럼 한 쌍의 날갯짓으로 함께 날아오를 그날이
그리워

역사에서 자유로운 곤줄박이가 부러워
나는 아직도 날아오르는 새 꽁무니를 쫓고 있는가

살고 싶다 외 3편
칠장산 삼정맥 분기점*에서

이성일

칠장사 명부전에는
혜소국사**와 일곱 명의 산적들이
서로를 향해 환하게 웃고 있는
벽화가 있다, 그 웃음 흘깃 보다가
꺽정불***의 미소도 궁금해
홍제관 문틈을 기웃거리다
불상에 입힌 금빛에만 눈이 가
능선으로 발길을 돌린다

산죽길이 시작되고
그 꽃이 그 꽃 같은 나무와
무엇에 쫓긴 듯 찍혀 있는
산짐승 발자국에
명부전 벽화의 풍경이 바뀐다

병원비가 없어서 비상구 계단을
탈출구 계단처럼 오르내리던
그가 불쑥 다가온다, 말없이

창밖만 내려보던 그가
'죽음이 저기 있네요' 말을 건넨다
더는 갈 곳이 없다는 듯이,
'빙긋 웃네요' 하고 웃는다

그가 떠나고, 그 웃음
시커멓게 울리던 계단에서
한 계단 더 디디다가
삼정맥 분기점에 이른다
속리산에서 여기까지
홀린 듯 헤매며 넘은 산들이
한 점에 모여 있다

산이 뭐라고,
북한산 골짜기에
산적처럼 붙박여 살면서
여기까지 흘러 온 걸까?

짐승처럼 살아도
인간답게 사는 세상을
꿈꿨던 이들처럼
마주보고 그 웃음
환하게 돌려주려고?

살아야 인간에게서 부처도 보고
짐승도 보는 거라고 말해주려고?

모든 산들이, 앞 산
절벽에 매달려 있는
구기동 벼락바위에
그 웃음 미소 한줄기
새겨놓지 못하면서?

* 속리산 천황봉에서 흘러내린 한남금북정맥이 칠장산 능선에서 한남정맥
과 금북정맥으로 갈라지는 지점.
** 고려 시대의 승려. 일곱 명의 산적을 현인으로 교화했다 하여 산과 절
이름이 아미산 칠장사에서 칠현산 칠장사로 바뀌었다고 한다. 칠장사 나한
전에 봉인된 칠인의 나한이 당시 교화된 산적들이다.
*** 임꺽정이 1540년경에 스승 갖바치 스님(병해대사)을 위해 만든 목불.
갖바치 스님의 교화로 임꺽정은 의적이 되었다고 한다.

다시 정맥으로

문수산 1

칠장산을 다녀온 뒤로는
산을 타지 못했다

삼정맥 분기점이,
이러지도 못하고
저러지도 못하던 내 삶의
한 끝인가 싶었다

창이 없다는 것도 모르고
한숨으로 드나들던
바람 별 구름 하늘을
불안과 자책으로 먹칠하며
알람과 마감뉴스로
하루하루를 되풀이했다

모질게 살자고
독하게 살아야
지폐처럼 반듯한

집 한 칸 세 들어
모여 살 수
있을 거라고 다짐했다

시작도 끝이 없고
끝도 끝이 없어
끝나지 않을 것만
같았던 날들

끝을 보겠다고,
있지도 않은 시작과 끝의
한 끝을 보겠다고
다시 정맥을 타기로 했다

다시, 살고 싶다
문수산 2

휴양림 입구에 내려
주차장을 벗어나자
안 보이던 꽃들이
시선을 타고 핀다

꽃 이름 대신
꽃을 보고 서로를 향해
환하게 웃던 은영 유정 혜경이
물옥잠 달개비 익모초로 핀다

향기 나는 나무라고
노간주 나무를 가리키는
누군가의 손 끝에서
향기 대신 땀 냄새가,
땀에 젖은 등줄기에 소금꽃 틔우던
석재 석철 재형의 땀 냄새가 향긋하다

모두들 어디서 무엇을 하고 있을까?

무엇을 하든 산을 향해 뭉쳐 있겠지?

역암으로 뭉쳐 있다
바위에서 빠져나온 몽돌들이
산비탈을 구른다

구르는 돌 피하려다
비틀거리는 나를
나무 꽃 돌덩어리가
휘감아 세운다

비바람에 쓸려
여기저기 채이다가
고향에서 멀어진
몽돌에도
향기가 스며든다

넘은 산, 흘러오네요
문수산 3

칠장산에서 흘러온 한남정맥은
문수산 보구곶에서 끝이 납니다

문수산 위에서는
한강과 예성강이
황해로 돌고 돌아
파란 하늘 더 파란데

개풍군과 김포 들은
노랗게 익는 벼가
철책을 끼고 돌며
샛노랗게 질려 가네요

망원렌즈로 줄여놓은
예창리 들판에서는
가을걷이로 뻐근해진
허기를 펴다가
하늘이 노래지는

그대들이 보이네요

병인양요와 강화조약
연평해전과 포격 사건이
시작도 끝도 없이
반복되는 동안에도

이쪽과 저쪽에서
그저 그렇게 그대와 내가
아무 일 없었던 것처럼
마주 보는 하늘에서
넘은 산이 흘러오네요

바닷물 속에서도
두 개의 강줄기로 흐를 것 같던
대간과 정맥이 수평을 그리며
돌고 도네요, 노란 하늘
더 노랗게 부풀려

지상의 양 끝을 더 크고
둥글게 채우려는 듯

시작과 끝에서 멀어질수록
산은 더 가까이 흘러오나요?

북쪽으로 흘러가던 산줄기의 끝을
해병대가 막고 있어도
한남정맥은 끝을 보이는군요

삼죽을 지나며 외 1편

이승규

국사봉에서 흘러온 길이
망설이는 뒷산 넘어

그가 산다는 곳
물안개로 지워지고 피어나는 동네

호수에 나도
돌멩이 하나 던지고 돌아서지만

좁아진 길가에
면사무소, 노인회관, 초등학교

그물로 기억을 몰고 몰아
피라미, 버들치, 붕어
놀란 표정, 신난 웃음소리
낚았다 놓치고

화사한 새 공장 지붕 아래

침침하게 고여 있는 배롱나무
꽃 그늘을 스치며 지나간다

날개 밑에서

큰길 넘고 동네 뒷산 지나
아파트 옥상에서 이어지는 바위능선
허공 짚고 주춤주춤 나아가다
골프연습장 그물에 걸려 허우적댄다
가슴팍에 외곽순환도로 터널이 뚫렸나
오를수록 가라앉는 산자락

울긋불긋 등산객에 섞여
불야성의 거리로 빨려들기 전
봉우리가 지워진다 산길이 흩어진다
높다란 어둠 속에
절간과 기도원과 모텔
나흘 전 실종된 여자애를 품은 산

두 날개를 벌리고
우글대는 불빛 쏘아본다

중심성을 쌓으라

장윤서

몇 천 년 춤추던 강을
기다란 수관(水棺)에 처넣은 듯한 아라뱃길
뿌연 안개 속에서도 거대하다

저 아라뱃길 타고
슬금슬금 들어와 골프장*을 만들겠다며
계양산을 밀어버리려는 이들
안개 때문인가
아라뱃길 이양선들이 잘 보이지 않는다

외세의 침략에 맞서
민중의 마음을 모아 성을 쌓았다는
계양산 중심성(衆心城)
상대만 바뀌었을 뿐
침략은 아직도 끝나지 않았는데

정맥 깊게 잘린 중심성 자리로
빠르게 내달리고만 있는 6차선 도로

막 시작된 단풍

보이지 않는 성곽 돌을 찾으려

여기저기 물을 들이고 있다

* 계양산에 골프장을 건설하려는 대기업에 맞서 인천 시민단체들은 계양산 나무 위에 텐트를 치고 고공 농성을 벌여 2011년 6월 골프장 건설 사업이 중단됐지만, 대기업은 다시 사업 추진을 계획하고 있다.

끝나지 않은 기도
하우현성당*

오하나

야트막한 산 초입에
작은 성당 하나

그 옛날 숨어 살던 사람들이
여기 성당에 와
눈 감고 손을 모았다
조심히 간절히 꿈을 꾸었다

지금은 큰 도로 나고
음식점도 생기고
사람들 떠났지만
성당은 그 자리에

박해도 피난도 끝났지만
여전히 성당에 와
무릎 꿇고 앉는 그대
눈 감고 손을 모은다
깊고 깊은 산속에

고함치는 그대 침묵과

조용한 성당 하나

* 하우현성당은 청계산과 광교산이 만나는 곳에 있다. 조선 시대 천주교 신자들이 박해를 피해 하우현에 모여 교우촌을 이루고 성당을 지었다고 한다.

3부 낙동정맥으로

통리협곡* 외 6편
미인폭포**

손필영

단애 협곡으로 내려서는 좁은 공터
당단풍 깊은 그늘에 앉은
불혹(不惑) 넘긴 여승,
붉은 진흙에 박힌 자갈

  그녀가 아름다워 혼자서 산을 두르고 앉았다,
나무마다 붉은 꽃잎을 흔든다, 바람이 분다, 잎이
떨어지고, 낙엽이 쌓이다가 다시 싹이 오르고, 바
람이 불고. 바람이 불고. 한 청년이 왔다. 그녀는
웃음 섞은 꽃송이를 처음으로 건넨다. 남자는 메
마른 꽃송이를 도로 건네주고 가버렸다. 꽃이 떨
어졌다. 폭포가 떨어진다.

  협곡 사이 마흔아홉 번 휘돌아
  오십천으로 바다로 들어가는 사이
  미인송 붉게 붉게 오르고
  협곡 밑으로 꽃범의 꼬리 물고
  구절초 흩어진다.

* 태백과 삼척의 경계에 있는 협곡. 한국의 그랜드캐니언이라고 불릴 정도
로 역암과 사암과 이암이 단층을 이뤄 깊은 협곡을 이룬다.
** 백병산에서 흘러나온 물이 협곡에서 떨어져서 생긴 폭포이다. 아름다
운 여인이 자신과 어울릴 만한 배우자를 기다리며 많은 구혼을 거절하다
가 아름다운 청년을 보고 구혼을 하자 어느새 너무 늙어 거절당해 폭포에
서 뛰어 내렸다는 이야기가 전해진다.

통리역*에서

날이 지날수록 두려워, 올라갈수록 떨려

뒷걸음쳐 올라오던 기차, 기차는 숨을 돌리다가
협곡을 내려갔을까? 천지사방 지우는 눈발 헤치면
서. 문 닫힌 통리역에서 기차를 생각한다, 아슬아슬
한 절벽들, 새 울음 소리가 절벽을 새로 깊게 한다.

비인 선로. 밤을 울리는 기차는 어둠 속으로 캄
캄하게 들어가 버렸다. 흔들리는 흰 구절초, 다시
는 만날 수 없는 사람들.

* 강원도 태백의 고지대 사북 고한을 잇는 해발 680미터에 있는 역으로
1940년 일본의 석탄 수송기지로 건설되었다가 1963년 영동선이 개통되
면서 스위치백으로 하루에 상행 하행 열다섯 번의 기차 왕래가 있었지만
2012년 6월에 솔안터널 개통으로 문을 닫았다.

구문소*를 지나며

물에서 땅이 올라오자 용트림하던 물길은 태백에 갇혔다가 바위산을 돌파하고 바닷길로 돌아갔다. 석문 앞에 소금 남겨놓고, 물결 흔들린 대로 놀던 조개들 남겨두고. 젊은 날엔 길가에 박힌 암몬조개, 삼엽충을 누군가 말하는 대로 누군가의 눈으로 바라보았다. 강산이 세 번 바뀌는 사이 이제 맨몸으로 돌아와 물줄기만 더듬어본다. 햇살 그림자 쫓아 투명한 빛 사이로 버들치가 몰려다닌다.

물줄기 타고 무지개, 무지개.

* 황지에서 발원하는 낙동강 상류가 이곳에서 큰 산을 뚫고 지나간다.

절벽으로

   탄광촌 빗물로 뱃속 깊이 그림자 들였던 태백은 세월처럼 흘러갔다. 가을 햇볕 쓰고 다시 피재로 치달아 긴 소 울음소리에 젖은 골짜기를 가로 지른다. 해바라기 동산. 이름이 생기자 다른 곳이 되었다. 따가운 햇살 줄기에, 밤바다 바람 줄기 말아 서리서리 투명한 해바라기를 초가을 트랙터 소리와 흙덩이 사이사이 피우며 마루금을 걷는다. 내 앞에선 언제나 얼리는 햇볕, 폭발하는 바람. 대박등*을 오르고 있다.

   숨을 고르고 몸을 가다듬자 비틀고 짜온 내가 옆으로 빠져 나간다, 형체만 남은 내가 오르고 있다.

   저 꼭대기에, 절벽이 기다리고 있다
   절벽으로 가자, 절벽으로

* 한강, 오십천, 낙동강으로 물이 갈라지는 삼수령인 피재에서 해바라기 동산, 대박등, 유령산, 통리협곡으로 이어지는 태백의 낙동정맥 시작 지점. '대박등'은 가파른 절벽 능선 중의 꼭대기를 의미하는데 '大朴'은 대배기(꼭대기를 의미하는 경북 방언)의 이두식 표기로 여겨짐.

갈등재*를 넘어 1

증조할아버지는 평해(平海)에서 갈등재를 넘으셨다. 일월산 밑, 오리재 노루모기. 일본 순사를 피해 신선바위를 오르내리시던 할아버지. 흙벽 흙바닥에서 갈등재를 밟고 일월(日月)에서 멀리 멀리 올라갔던 아버지. 허물어진 돌담을 끼고 다시 평해로 돌아가셨을 것이다.

돌아가는 것은 그리움을 날려버리는 걸까?
몸에 남아 있는 기억의 장소는 어디로 갈까?

물푸레 잡목 숲을 지난다, 낮은 능선도 머리 숙이고 높이 올라갔던 아버지를 피해 나는 뻣뻣한 목으로 오십 년을 지나왔다.

어디에도 갈등재는 피었으리

* 태백 매봉산에서 내려와 덕재-한티재-갈등재로 이어지는 낙동정맥 구간으로 영양 일월면과 수비면을 연결한 고개이다.

갈등재를 넘어 2

추석 다음 날, 피마골*을 찾아본다. 피마골 전체가 한 건물 안에 들어앉아 기중기에 실려 높이 솟고 있었다. 바지가 겉돌아 다리에 엉기는 하얀 머리 할아버지가 공중 속 피마골을 더듬어본다. 저기였나? 그 옆인가? 보고 보고 그 자리에 감감한 그때를 불러오고 있다.

도시는 텅 비었고. 갈등재 점점이 떠오른다, 하늘이 멀리 물러난다.

---

*조선 시대 궁궐 앞의 큰길은 왕족과 재상 등의 여러 행차가 있을 때마다 백성들은 길에 엎드려야 했기 때문에, 말들을 피해 다니면서 형성된 뒤쪽 골목길이다. 현재 재개발로 그 자리에 빌딩이 들어서고 있다.

정맥 길 흘러 바다로
금정산*을 내려가며

이끼 깊이 자리 잡은 산자락에는
싱그러운 마당 같은 바위
푹신한 솔잎 내린 소나무 그늘

북청에서 내려온 아버지는 어린 아들 손을 잡고
아침마다 동래에서 금정산에 올라 바다로 들어가
는 낙동의 끝을 본다 산그늘 쓴 일본식 집에는 고
려석탑이 마당 안에 갇혀 있고 능소화만 담을 타
고 밖을 기웃거린다

아들의 반쪽은 나를 지나
다른 반쪽을 타고 앞에 서 있다
대간을 타고 정맥을 넘고 넘어 바다를 향해 온 길,
오랜 길에 얽혀 다른 길을 밟고

아버지의 아버지는 누구신가
아버지의 아버지의 아버지는 누구신가

햇볕이 흩어진다, 먼지 속으로, 바라보고 있던
나도 흩어진다
　정맥 길 흘러 바다로 들어간다

*부산을 지나는 낙동정맥의 끝 부분.

겨우살이

윤석영

늦가을 빈 나뭇가지들 사이
연둣빛 뭉치들이 홀로 눈부시다

하늘 아래 높지막이
참나무 가지에 달라붙은 저 눈부신 생명력
정맥꾼들의 정수리를 뒤흔든다
정신의 어두운 골목을 노란 꽃술로 불 밝힌다

낙동정맥 오르는 길
 연둣빛 뭉치들 올려다볼수록 떠나온 길들이 지
워진다, 도시에서 딱딱해진 몸 부드럽게 풀어지
고 내 안에 뭉쳐 있던 길들도 풀어진다, 길들 풀어
지며 향긋한 흙내가 쏟아졌다, 흙먼지 뒤집어쓰고
산작로를 내달리던 아이들, 소달구지 뒤꽁무니에
매달려 한나절 달려나간 길들이 마법처럼 돌아와
있다, 사방으로 뻗어나간 연둣빛 길들이

 1067미터, 통고산 상봉에 이르기도 전

메말랐던 몸에 울컥, 물기가 돋는다

숨결 외 1편
신불산 계곡에서

최수현

바위에 마른 등을 맞댄다

서울에서 달고 온
말들이 딱지처럼 앉은 등을 뚫고

단단한 한기, 그 끝에
오랜 온기

물소리,
검은 산,
별, 별, 별

첫 말을 꿈꾸는 저 빛!

침묵과 빛 사이에서
차고 분명한 숨결 흐른다

무제치늪*

허 허 허 허
검은등뻐꾸기 소리

산이 따라 울리고,
발걸음 감겼다 풀어진다

단 하나의 꿈만 남을 때까지 걸어가 봐
길은 너를 열어야 보이는 거야

정족산 봉우리로 향하는 길옆,
비스듬히 낮아지는 평지,
멀리 삐죽이 솟은 산봉우리가 태곳적 표지로 늪
을 내리고 있다

꽃 진 철쭉 뒤로, 그 뒤로, 사진 찍는 내 그 뒤로
걸어 들어가야 길을 열어주는 늪, 관목 밑으로 점
점 허리를 낮추다가 그리운 사람 곁에서처럼 몸을
순하게 웅크려야 보이는 끈끈이주걱, 밑에 고개를

올려야 보이는 방울새난, 늪을 보려다 어느새 나는
끈끈이주걱 이슬 한 방울에 맺힌다, 툭, 아득하다

* 6000년 전에 생성된 늪으로, 200여 종의 멸종 위기 야생동물 및 곤충과
끈끈이주걱을 비롯한 260여 종의 습지식물이 서식하고 있다.

물매화 꽃송이 외 1편

이승규

공중에 매달린 산림도로를 헛바퀴 돌리며 달렸
습니다
차 엔진 끄고 쿵쿵대는 심장만 갖고 오르는 오
솔길
길섶 물매화가 꽃뭉치를 열려고
가쁜 숨 몰아쉽니다

구름 위로 솟아난 천성산 고원
억새 사이 억새 흔들리는 벌판 펼쳐놓고
맑은 피 퍼트리는 소리를
향그러운 산늪 물내음으로 보여줍니다

억새 밟아 쓰러뜨리며
늪을 돌아 마당바위에 이르자
침침한 천한 명째 얼굴에 내리는 빗방울,
씻기지 못해 축축이 적시고

먹구름 속 먹구름 풀어지는 하늘

걸어는 가도 오를 수 없는 벌판
숨어 있습니까, 그대는?
낮디 낮은 풀과 나무와 바람 사이에
더 낮은 사람 사이에 보이지 않게

빗내 흙내 속에 넘어지지 않으려
애쓰며 내려가는 길,
비 그친 늪가
어지러운 발자국 사이에서 빠져나온 그대는
마당바위 위에 우두커니 서서
점점 작아지는 내 등을 지켜보고 있나요
젖은 등 넘어 안 보이는 산자락을 바라보고 있
나요

어두운 산자락 한 켠에
물기 털고 말갛게 감싸 안는
물매화 흰 꽃송이

잠자리와 함께

햇빛 내리쬐는 간월재
다리 지친 친구 두고
혼자 산을 오른다

바람 하나 없어도
자꾸 흔들리는 능선 멀리
예전의 누가 다가오고 있다

웃고 떠들면서 일행들과 걷고 있다
어깨에 가슴에 저마다 빗방울 묻히고
바람에 구름에 밀려오고 있다

휘몰아치는 단조늪 사초 위에서
산오이풀 두꺼비 옆에서
달리는 안개 너머 억새꽃 사이
말갛게 돌아오고 있다
지친 발걸음 달뜬 얼굴로
푸르른 비를 반가이 몰아오듯이

이제 빈 능선엔 억새

바람 없이 땡볕 지글대는 산정

허공 중에 휘황하게 날아다니는

수천 마리 잠자리 떼여

어디서 온 줄 모르는 누가

잡으려고 한 물빛 날개들이여

무제치늪에서 외 3편

박성훈

사람과 사람이 만나면
늪이 생긴다

미워하고 미워하고
미워하면
빠져나올 수 있을까

늪에서 허우적대다
정족산 자락 길 밖에서 만난
끈끈이주걱
참개구리
무슨꽃
무슨풀

한없이 작아지고 싶어 꽃잎에 누워 파란 하늘
바라보고 싶어 팔짝팔짝 뛰는 개구리 타고 끈끈이
주걱에 슬쩍 들어갔다 나오고 싶어
무제치늪에 몸을 담그고 싶어

숨죽이고
힘 빼고
바라보고
아직 오지 않은
꼬마잠자리 기다린다

사람 무슨꽃 사람 무슨꽃 사람 무슨꽃
빙 둘러선 사람 사이에 고요히
고이는 늪,
무슨꽃 사이에 고요히
고이는 사람,

숨죽이고 힘 빼고 바라보고

나도 몰래
아직 오지 않은
당신을 기다린다

바위의 빛으로

금샘*에서

금정산 고당봉 아래
곧게 솟은 바위 꼭대기 웅덩이는
가뭄에도 마르지 않는 샘

물빛 금빛 아니고
금빛 물고기 없지만
아찔한 높이로 천년을 견디면
산이 되고
절이 되고
사람들 발길 끊이지 않는
금빛 샘이 될까.

높이는커녕 기울기만 있는
짧디짧은 내 생으로
그 샘 그 빛깔에 닿을 수 없지만
내 깊은 어딘가에도
마르지 않는 무엇이 있을까.

짙은 안개에 물기 받고
지나가는 빗물에 숨 틔워
몰아치는 돌풍에 찰랑이며

금빛 품은 바위의 빛으로
차오르고 싶다.

* 금정(金井)이라고도 한다. 금정산 최고봉인 고당봉 동쪽에 위치한 화강암 바위 꼭대기에 있는 자연 우물로 둘레가 약 3미터이다. 금샘의 물은 아무리 가뭄이 들어도 마르지 않는다고 한다. 그 물빛이 금색을 띠었고, 하늘에서 금빛 물고기인 범어(梵魚)가 내려와 놀았다고 해서 이름 지어졌다. 금정산과 범어사의 명칭은 이 샘의 이름에서 유래되었다.

화엄벌 바람억새

중생이 흔들린다
천지사방 뚫린 곳마다 불어오는
바람, 바람에
원효대사의 설법을 좇듯
화엄벌 억새 흔들린다

선재동자도 이곳을 알았으면
도를 찾아 떠돌지 않았으리니
바람에 몸을 맡기면
나도 억새가 되리니, 흔들리리니

파랗게 퍼렇게 물드는 하늘
흰빛 은빛 반짝이는 낙동강 지류
동하는 마음 어디 있던가
마음 어디 있던가

꿈인 듯 물결치는 화엄
화엄늪으로 한없이 빨려간다

몰운대*에서

당신에게

구름도 안개도 없는
몰운대 끝
맑은 햇빛 아래 둥글고 모난 바위
모서리 끝에 당신은 서 있습니다

매봉산 바람 속의 당신
통리재 기차 앞의 당신
통고산으로 일월산으로
정맥 찾아 헤매다
정맥인지도 모르고 넘었던
주왕산 근처 고갯마루의 당신
간월산 신불산을 지나
천성산에서 억새와 함께 흔들렸던

구름도 안개도 없는
몰운대에 몰려오는 수많은 당신과
내가 만나는 동안
모서리 끝에 위태롭게 서 있는

당신은 보이시나요?

수평선을 바라보는 당신과
당신을 바라보는 나의 발아래로
함께 지나온
낙동정맥이 깊어집니다

*낙동정맥의 마지막 지점인 부산의 몰운대를 말한다.

이단 외 3편

장윤서

홍건적도, 6·25 대포 소리도 이곳을 몰랐답니다. 통고산 정상에서 까치발 들어도 안 보이네요. 얼마나 깊은 곳에 숨었는지, 반짝이는 왕피천이 동해로 흘러가고 흘러가다 땅거미에 묻혔다가 물소리 새어 나와 은하수로 흐를 때야 쌀쌀함이 간신히 찾아오는 곳입니다.

외지인이 이단이라 부르는 왕피리 마을.
소문을 섞어 그 신을 조심스레 꺼내볼수록 마을은 점점 더 깊은 곳으로 멀어집니다. 어둠이 짙어가는 마을 어딘가에서 그 신이 우리를 지켜보고 있는 것 같은데

하아, 술이 오릅니다
이리 나오세요
우리와 술 한잔 하시지요
모닥불에 둘러앉아
물소리가 수를 놓는 은하수에

오랜만에 광석이 형도 불러와서
아픈 사랑 노래 띄엄띄엄 보내봅니다,
순간,
어둠 속에서 부스럭거리는
정체 모를 동물의 발자국 소리!
나 아닌 생명의 움직임에
두려움마저 오랜만에 두근댑니다

어둠 속에 있었나요
초가을 단풍만큼 취해 있는 그대들을
너무도 멀리하고 살았나 봅니다

오늘밤은 마음껏 두근대야겠습니다
도시를 등지겠습니다

끈끈이주걱

많이 당황스러웠습니다. 혹시라도 누구에게 들킬까 봐 주위를 몇 번이고 두리번거렸지요. 애써 외면해왔던 내 속내와 갑자기 마주친 것 같아 미동도 할 수 없었습니다.

떡하니
대놓고 주걱을 매달아놓은
끈끈이주걱을 보았을 때,

허리 굽혀 살펴보니 아, 6천 년의 욕망이 이렇게도 작습니다. 내 커다란 주걱과는 다르게 딱 배만 합니다. 심장만 합니다. 긴 꿈을 꿀 정도만 천천히 먹고요, 날아다니는 벌레 덥석 후려치지도 않습니다. 그 소박하고 평화로운 욕망, 그대로가 온몸인 당당하고 솔직한 주걱입니다.

화엄벌에서 해탈하려던 스님들이
조금만 더 깨금발 하면

훤히 보였을 무제치늪입니다
뭐라도 좀 먹고 살아 있어야지만
해탈도 이룰 수 있는 거라고
막 설거지 마친 듯
물방울 맺혀 있는 끈끈이주걱
조그마한 벌레 다시 붙을 때까지
조그맣게 기다립니다

천성산에서

이 넓은 억새밭에서
어찌 설법을 하셨을꼬
아무 말 않고
화엄벌 걸으라 손짓하셨겠지
차디찬 불상 앞
이유도 모르게 목탁만 두드리지 말고

가리키지 않아도 보이는
억새를 타고 넘는 바람
두 손을 펼쳐
억새에 쌓인 햇빛을 털며 걷다 보면
잊고 있던 막연한 설렘들이
폭신폭신 동행하는 나를 만나보는데

깨달음은 설렘에서부터 오는 것?

성인(聖人)은 화엄벌을 떠나, 다시
스님으로 범인(凡人)으로 돌아갔으리라

어지러운 세상
언뜻언뜻 폭신대는
사람 사는 세상에 설레가면서

남방한계선

누군가는 살기 위해 산을 떠났고
누군가는 살기 위해 산으로 들어간다

폐광이 되자
북적였던 옛 사람들은 어딘가로 떠나갔고
아연 제련소가 들어서자
그들과 얼굴색이 같은 타지 사람들이
늦가을 서리처럼 석포로 들어왔다
이곳을 나가기 위해

석포는 열목어의 남방한계선
햇빛 잘 안 드는 계곡
차디찬 물에서만 살 수 있다는 열목어

쉴 틈 없는 3교대 근무
빨간 눈이 되어버린 인부들이
낙동정맥에 숨어 있는 듯한 제련소에서
살기 위해 나오고

살기 위해 들어간다

검은 곰팡이 가득한 차가운 숙소
발버둥치는 오래된 백열등 밑에도
중금속과 관련된 흉흉한 이야기는
그림자도 조심스럽다
바람 소리마저 쉬쉬대며
나가지도 사그라지지도 않는 이곳

여기에서 더 내려갈 곳이 없다는 듯
빨간 눈의 인부들
어떻게든 남방한계선을 넓히려
밤마다 찬 소주를 뻐끔대는가
삶은 살아가는 것인지
죽어가는 것인지도 잊은 채

동네 뒷산 오르듯 외 1편

한국호

박쥐구멍 찾아 나선 운주산
계곡 따라 오르는데
왼쪽 오른쪽 길 바꿔 올라도 그 길이 그 길
이쪽이야! 들뜬 목소리 따라 오르면
이쪽이 아닌가? 웃음 섞인 목소리
박쥐구멍 찾는 마음이 갸웃거리다
동네 뒷산으로 향한다

이쪽저쪽 옥신각신 다투며 올라도 기어이 찾아
낸 물 흐르는 계곡
  돌 틈 사이 가재 집어 올려 플라스틱 병에 넣고
  본 적 없는 노루 잡을 덫 놓으러 온 산을 휘젓는
아이들
  어떤 날은 난을 캐고
  어떤 날은 족제비 뼈를 줍고
  어떤 날은 빈손으로 내려와도
  다음 날 삼삼오오 모여 다시 오르는 뒷산

피란민들이 숨었다는 박쥐구멍 찾지 못하고
운주산을 휘젓는다 동네 뒷산 오르듯
잠깐 지도를 내려놓고
산에 깃든 무성한 이야기들
원효도 김유신도 박쥐구멍도 내려놓고
내일 또 오를 뒷산처럼
정맥 길을 만난다

여근곡*

유학사 옆길로 올라 둘러보려다
무엇을 망설여 되내려왔을까
얼어붙은 산길 마티즈 끌고 부산성터 오르던 마음
다음 목적지 여근곡 안에 들어서고도 헤맨다

지키려고 쌓은 부산성**은 어느새 무너져
사람을 불러들이는 유적지가 되고
나뒹구는 할석(割石)들이 등산길 내어주는데
개구리 울지 않는 겨울
여근곡은 젖은 몸으로 우리를 맞이하더니
안개로 추위로 우리를 밀어낸다

* 경상북도 경주시 건천면 부산 기슭에 있는 계곡. 여성의 성기를 닮았다
하여 붙여진 이름이다.
** 신라 문무왕 때 백제의 침입에 대비하여 축조한 성.

무제치늪

오하나

사라진 줄 알았지,

퍼석한 흙만 보고
다 말랐나 보다 돌아서려 했지,

한참을 바라보던 꽃 덤불 뒤에 있는 줄 모르고,

검고 축축한 이탄층 위로 내가 알던 것보다 작
고 총총한 끈끈이주걱을 올려 보내고 있었어. 다
가가 앉으면 지긋이 발끝부터 스미며 곁을 주라고
했지만 나는 작은 거미가 발등을 채 넘기도 전에
성급하게 일어났어. 다시 멀어졌지.

진퍼리새 사이
내가 찾다 그만둔 꼬마잠자리 날려 보내는 줄
모르고,

사라진 줄 아는 것들

켜켜이 간직하는 줄 모르고,

안개
매봉산

김연광

차도를 벗어나면 녹은 땅이 질퍽이고
사람인가 싶으면 우뚝하니 나무가 서 있다
나무들은 까맣게 젖었는데 자작나무는 안개에
묻혀 있다
짙고 먹먹한 안개를 걷는 동안
정상을 찾고 사람을 찾아 위로 위로 오르지만
실은 안개 속에
두 사람
더 깊은 안개로 구름으로 숨는다
개 짖는 소리 저 아래 두고

산도
정상도 없는
안개 속을 걷는다

4부 낙남정맥으로

지리산 삼신봉*을 오르며

김일영

이른 새벽 삼신봉에 오르면서
길가 한쪽에 비켜서 있는 이정표를 본다
우르르 몰려다니는 운무들 사이에서
색 바랜 글자 붙잡고 있다

가쁜 숨 이정표 앞에 내려놓고
한눈팔다가 길을 잃고 만다
이 길 저 길 헤매다 곤혹스런 생각 끝에
길을 버리려 하면
운무 사이 빠꼼히 모습을 내보이는 이정표
'삼신봉 0.5km, 세석대피소 8.0km, 청학동 2.0km'

앞만 보고 길을 걸었다
이정표 없이는 닿을 수 없는 세상을

색 바랜 글자를 놓지 않는 이정표를 지나
나 다시 가야 할 먼 길을 본다
삼신봉에서 노고단 반야봉 천왕봉

지리산 주봉을 한눈에 보듯

*지리산의 주봉인 영신봉에서 동남쪽으로 뻗어나와, 낙남정맥이 시작되는
능선에 위치한 봉우리이다.

114

그들은 알고 있을까? 외 3편
인도 기러기*

손필영

매화꽃 벙그는 삼월, 하얗게
낙동강 흐르고 빛줄기 내리고

김해의 일요일은 가야 고분 터 공원에 모여 있
다. 뛰어다니는 아이들, 멀리 크리켓**을 하는 스
리랑카 청년들, 그들은 가야의 첫 왕비를 알고 있
을까? 김해김씨의 어머니가 인도인이라는 사실을?
김수로왕과 허황옥은 기러기처럼 살다 기러기로
돌아갔을까?

김해를 품은 신어산*** 물고기****는 얼마나 멀리
까지 평야를 밀어내며 바다로 가려 했을까? 천구
백 년 동안 그들 따라온 말*****은 아직 온기를 띠
고 있다.

공이 굴러 내 앞을 지나간다, 햇빛이 내린다
내 초라한 웃음에 이 땅의 말에 선량한 미소를
얹어 건네는 청년들

* 인도 기러기는 몸길이 72센티미터, 몸무게 1.8~2.9킬로그램의 중간 정도 크기로 몸짓이 가늘고 품위가 있다고 한다. 번식을 위해 이동하는 철새로 인도에서 8,000미터 히말라야 산맥을 넘어 중국 서부에서 겨울을 나고 돌아간다. 금관가야의 무덤에서는 부장품으로 흙으로 구운 기러기와, 작은 새를 투각하여 사면을 두른 긴 가리개 같은 것이 여러 개 출토되었다.
** 야구와 비슷한 운동으로 영국의 식민통치로 스리랑카에 전해져 지금은 스리랑카의 대표 스포츠가 되었다.
*** 낙동강에 맞닿은 낙남정맥의 끝부분. 허황옥의 오빠 장유화상이 이 산에 사찰(은하사)을 세웠다.
**** 물고기는 인도 야유타국의 상징으로 수로왕릉 출입문 위에 그려진 탑 주위에 은하사 문 위에도 그려져 있다.
***** 인도에서 시작된 쌀 문명과 함께 전파된 인도어 '사라, 브리히, 니바라'가 우리말 '쌀, 벼, 나락' 등에 그대로 남아 있다.

무학산*은 안개에

생강나무인가 산수유나무인가
노란 꽃들은 눈을 맞출 때마다 이름을 기다리고
얼었던 물길 돌아 올라
가파른 길에 물막을 두른다.

너덜지대를 오르는 동안 돌 구르는 소리 산을
메운다.
　최치원이 불러온 학들 안개에 숨고
　때죽나무, 산벚나무 속삭인다
　미끄러지지 않으려고 휘젓는 우리를 잡아주면서
　(새 잎 트는 소리 들어보세요)

　안개 속 서마지기 능선에 올라서자 벼랑이 둘러
치고
　까마귀 한 마리 날아와 우리를 깊이 바라본다
　(안개에 싸여야 벼랑을 무사히 지날 수 있어요)

*최치원이 산의 형세가 학이 춤추는 모습 같다고 하여 무학산이라 하였다.

햇빛, 거미줄, 가시

화원마을에서 실봉산*을 오르려고 햇빛 닮은 감나무 과수원을 지나면 길은 처음으로 되돌아온다. 입 벌린 밤나무 골짜기를 가로질러 능선으로 오르면 길은 접혀 처음 그 자리. 몇 걸음 옮길 때마다 얼굴로 감아드는 거미줄, 어릿거리는 잔가지. 엉킨 잡목 사이를 풀어 나오면 다시 마을. 참새들이 줄지어 앉았다 폴폴폴 벽에 가 붙는다. 어느새 마을 뒷동산은 마을만 남고 산은 멀리 물러갔다. 탱자 냄새. 가시울타리 타고 찌르는.

*태봉산에서 진주를 지나가는 낙남정맥 구간.

유수교*를 지나면서

실봉산을 올라 햇볕으로 타는 마루금을 탑니다.
사천에서 울리는 비행기 소리는 비행운 따라왔
다 점점이 흩어집니다. 늦여름에서 초가을로 우리
는 정맥을 타고 왔습니다.
앗, 길이 다리를 건너야 하는군요.
저 아래 마른 물길 옆에는 공룡 발자국이 보이
네요. 갈색 바위 덩어리가 쿵.

길게 다리를 건너 솔티재를 넘습니다.
도로는 검은 비닐 굴려 편 만큼 마당입니다. 트
럭이 군데군데 나락을 쏟아놓습니다.
허리 꼬부라진 할머니가 나락을 길게 펴자 길이
흘러갑니다.

진양호 바람 따라 출렁거리는 동안
다리에 걸려 넘나드는 동안

젊은 아들은 어디로 떠났는지

도시는 수면에 흔들리고
감나무 바알간 가을로 먼저 들어갑니다.

*낙남정맥 사천과 진주의 경계인 바리재를 지나 171봉과 정동 마을 사이에
인공호수 진양호의 물길을 열기 위해 가화천을 인위적으로 흐르게 하면서
세워진 다리. 능선(정맥)이 끊어져 산이 물을 건너게 되었다.

묵계(默溪)

이승규

해 잠깐 들다 가도
악착같이 꽃 피어난 곳

그 꽃 사이
빨치산이 오고
토벌대가 오고
긴 옷 걸친 도인들이 오고
한국인 다 된 연변 아이도 와서
서당 버스 기다리며 놀다 지친 곳

청암면 묵계리
떠돌며 맴도는 넋들처럼
하동댐 언저리에 갇히기 전에
통제소 너머 삼신봉 올라가야지

능선 타고 영신봉 돌아
확 펼쳐진 지리산 주능선을 보려고
아직 안 핀 세석평전 철쭉을 몰아

다시 정맥으로 풀어지려고
뭇 넋 기억하는 낮아지는 산줄기로
낙동으로 남해로 뜨겁게 합쳐지려고

구들장 밑에서 외 1편
마지막 빨치산 정순덕*

장윤서

사랑은 잠깐이던가
죽음도 순간, 순간이던가
그 찰나의 주변이 그렇게도 질긴 것이더냐

그녀를 찾는 군화 발자국 소리에
한겨울 모든 추위가 달라붙어 들어왔을 구들장
꺼지지도 확 피우지도 못하는 숯들처럼
그녀는 여기에서마저도
우뚝 서 있지도
편히 누워 있지도 못했을까

세상 제일 뜨거운 곳에서
세상 제일 추워야 했던 사람
그녀의 몸은
그녀의 가슴팍은
한여름 펄펄 끓는 솥단지였을 텐데
뭐 하나 제대로 우려내지 못하고
쓸쓸한 아랫목처럼 새카맣게 타들어만 갔을까

그녀를 잡으려면

지리산을 없애시라

그녀를 죽이려면

마지막 사람을 죽이려면

아, 그녀가 죽였던 사람들만 그러시라

한겨울을 떨고 굶어

아궁이에 막 불 지피려 하는

떨리는 손을 가져본 이들만 그래 보시라

* 정순덕(1933~2004)은 경상남도 산청군 삼장면 내원리 출신으로 한국전
쟁 중 지리산에서 남편을 따라 빨치산으로 활동했던 마지막 여성 대원이
다. 지리산에서 군경 토벌대의 검문검색이 있는 날이면 솥단지를 들어내고
방고래를 통해 구들장 밑으로 숨은 다음 아궁이에는 다른 곳에서 태운 재
와 타다 남은 땔감을 채워 마치 불을 지핀 것처럼 재현해 은신했다고 한
다. 1963년 체포되어 2004년 사망 때까지 비전향 장기수로 살았다.

말하라
소정골 민간인 학살지*에서

죽은 자들도 말하고 있다
이제 우리들의 차례
말하라

뒤엉킨 유골들, 머리의 총구멍에서 비집고 나
오고 있다. 50년 만에 햇볕으로 뛰쳐나온 다섯 살
아이가 엄마를 찾고 있다. 얼마나 멀었을까, 서울
과 인천에서 학교가다 잡혀온 교복들도, 떨어진
단추도, '李柄濟'가 새겨진 나무도장도 더 이상
인주를 묻히지 않고, 하얀 쌀밥 푸짐히 담고픈 녹
슨 숟가락도 주인들을 부르고 있다. 말해도 외쳐
도 울부짖어도 바람소리가 되는 지리산 자락, 거
기에서도 더 멀리 떨어져 있어도, 지금은 이 자리
에 유골이 없어도
전쟁 직후, 막걸리 드시고 홧김에 나라 탓하다
누군가에게 끌려가 생사도 모른 채 그날이 제삿날
이 된, 한량이셨다던 내 할아버지도 이제는 말하
고 있다.

지리산에서 소정골에서
낙남정맥 낙동정맥 한북정맥에서
거창 노근리 강화 광주 제주, 여기저기에서
내가 모르는
알려고 하지 않는 어딘가에서
장준하 선생이 이병제 씨가 내 할아버지가
누군가, 누군가의 누군가가
아, 다섯 살 어린 아이가,
다섯 살 어린 아이가!
말하고 있다
말하고 있다

가슴에도 귀가 있다면
망자의 말을 알아들을 수만 있다면

그러니
말하라

말하지 않는 곳
그곳이 무덤이 될 테니
그날
어린 아이를 죽이고 같이 죽었던
몸만 살아 있는 군인들은 말하라
입 없는 자를 목격하고
죽은 혀를 가지고 있던 이여, 다시 살아나라
망자를 쉬게 하고
죽을 자를 살게 하라
희미한 달빛에도 선명히 드러나는
저 진실된 지리산 능선처럼
설렐 수 있는 비밀 한두 개쯤 남겨두고
사실을 사실대로 달리게 하라

들으려 하기 전에
말하기 전에

말하라

* 산청군 시천면 외공리 일대이다. 1951년 2월 하순에서 3월 초순 사이 이 곳에서 소속이 밝혀지지 않은 우리나라 군인들이 10여 대의 버스에 태워온 민간인 수백 명을 집단총살 한 후 매장했다. 2000년 5월 발굴할 당시 280여 명의 유해와 각종 유품들이 나왔다. 아직 사건의 정확한 진상이 밝혀지지 않고 있다.

5부 눈부신 능선들

초원의 끝 외 15편

신대철

막 떠나는 이와
남는 이가
마지막으로 손을 내미는군요.

황야와 지평선과 흰 구름이 오가는군요.

먼 훗날 다시 만나려면
어디서든 푸른 하늘 아래로 나와야겠군요.

야생말*들이 툭 툭 얼음장을 두드린다

광활한 초원 끝에 뭉쳐진 능선을
한 올 한 올 감아오는 긴 산줄기들

눈 녹은 물 다시 얼어붙은
호스태 산맥 너른 개활지엔
엷은 갈색에 붉은 빛 감도는
야생말들이 모여 있다.

숨은 동굴벽화나 바위그림에서
지금 막 달려나오는 듯
숨 고르는 듯
흰 구름 조각 같은
얼음장 위에 서성이는 야생말들

짧은 목 짧은 다리
검은 갈기 검은 꼬리

가까이 다가가도 야생말들은

달아나지 않는다.
고요히 눈 마주치고
긴 귀 쫑긋거리다가
툭 툭 얼음장을 깨고 물을 마신다.

고개 너머 메마른 초원에는 가축말들이
회오리 먼지를 일으키며
물길을 찾아 몰려다니고.

*프셰발스키 말로 현재 몽골 호스태 국립공원에 200마리가량 있다.

게스트 하우스 1

퇴원하고 한동안
창가에 붙어 지냈다
눈발이 그쳤다
눈 속에서 보그드 산*이 올라왔다
건물 사이에 끼어 있던
겔들 사라지고 둥글게
금빛 모래만 남아 있다

겔 지붕에 올라가 눈 쓸어내고
환기창을 닦던 어린아이
구두 속에 두 손 집어넣고
흙덩이를 털어내던 중년 사내
덜렁 수캐 앞세워
기울어진 판자울 넘어
불쑥 돌아오던 아침 해
(모두들 초원을 향해 달려가고 있을까?)
내 일상을 조금씩 되살려 준 이웃들 사라지고
그쪽에 따가운 볕이 내려앉고 있다

* 몽골의 수도 울란바토르를 둘러싸고 있는 네 개의 산 중 남쪽 산.

134

자작나무 숲

　찰랑이는 황금빛 잎새를 보려고 숲 속으로 들어
갔다. 구절초 꽃잎만 살랑거릴 뿐 새소리도 흐르
지 않았다. 잡목 비집고 들어갈수록 숲 속이 텅 비
어 있었다. 폭풍이 지나간 자리처럼 자작나무 줄
기들이 부러져 있었다. 하얀 나무 밑동마다 말굽
버섯이 찰싹 붙어 수액을 빨아들이고 있었다. 어
디선가 나무 부딪치는 소리가 났다. 탁 하는 소리
들리더니 어깨 위에 나뭇가지가 걸렸다. 황금빛도
잎새도 잊어버리고 허둥지둥 숲 속을 빠져나왔다.
어느새 가슴에 자작나무 숨결이 섞였는지 아무 생
각도 떠오르지 않았다.

　눈이 온다, 눈이 온다.
　눈발 사이 멀어지자
　몸에서 말발굽 소리 울려온다.

몽골 일기

눈보라 스친 몽골 고원,
켄트지 같은 순백색 구릉으로
누군가 나를 밀어 올리기 시작한다.
오를수록 점점 줄어들어
나는 마침내 몸 덩어리만 남는다.
설면으로부터 1.75미터
물도 나무도 골짜기도 없이
매운 바람 속에
나는 사방을 향해 솟아 있다.
황악산 바람재에서
덕유산으로 가는 눈부신 능선들
설사면에 가득 찼다 사라진다.

눈발 산책

눈발 사이로
행인들의 가랑이 사이로
얼핏 땅바닥에 주저앉은 사람이 보였다.
행인들이 주춤거리다 미소를 지었다.

'1인당 100투그릭*'
노인이 체중계를 놓고 무게를 재고 있었다.

금발의 남녀가 번갈아 체중계를 오르내렸다.
임산부도 길거리 소년도
거짓말같이 몸무게가 같았다.
노인은 흐린 눈금판을 닦으며
눈발이 날리는 동안엔
모두 몸무게가 같다고 했다.

'쎄임, 쎄임'
모두들 눈발을 보며 폭소를 터뜨렸다.

함박눈이 내리고 있었다.

야생의 시간

늑대 숲에 들어갔다.
봉분 같은 개미집에 쓰러져
밑동부터 삭아가는 나무들,
눈 덮인 나무를 밟으면 발목까지 들어갔다.

얼음 녹는 소리에 햇살이 반짝거렸다. 지난밤 궁지에 몰렸던 발자국들이 흔적 없이 흩어지고 흔적 없이 나타났다. 솜털 보송보송한 할미꽃 봉오리들이 노랗게 번져 나갔다. 흙벼랑이 쏟아지는 듯 골짝이 크게 울렸다. 산허리쯤에서 자작나무들은 눈 뒤집어 쓴 눈나무에 섞였다가 눈발 날리며 산 아래로 내려가고 숲 속에는 흐릿한 솔향기, 바람이 불 때마다 사라졌던 늑대들이 살아남으려고 다시 한 번 뜨겁게 달려가고 피, 피, 비릿한 솔향기, 능선 바위굴에선 소리 없이 어린 발자국들이 돋아나왔다가 방향 잃고 뒤처졌다. 눈 더미에 이글이글 스미는 발자국들,

숲 속을 돌아 나오자
온갖 짐승 발자국들이 따라붙었다.
마침내 황야가 보이기 시작했다.

흙먼지 구불거리는 지평선
그 위에 광풍같이 솟구치는 시퍼런 야생 구름.

대륙종단열차

심장이 쿵쿵거린다.
모래폭풍 속에서
기적 소리가 다가온다.

모스크바, 울란우데, 울란바토르, 자밍우드, 북경

칸칸이 커튼 내려진 창 사이로
그늘진 유리창에 뺨 붙인 채
초점 없이 먼 곳을 바라보는 이들,
옆얼굴이 옆얼굴을 지우며 스쳐간다.
아무도 손 흔들지 않고
아무도 보지 않는다.

울란바토르 중국 대사관 앞에서는
중국을 규탄하고 해방을 외치는 소리 들끓고
초원을 향해 굴러가는 아우성,
대륙종단열차 꽁무니에 매달려가던
아우성도 해와 함께 허공으로 뚝 떨어져 나간다.

사방을 둘러봐도 메마른 늪지와 구릉과
나날이 늘어가는 팻말 박힌 초원뿐

초원의 아우성을 향해
앞서가던 몸과 질질 끌려가던 마음이
서서히 뒤바뀌면서 몽골인들은 초조해진다.
열차가 사라진 뒤에도 침묵이 흔들린다.
대륙이 덜커덩거린다.

하다*, 메르겐**, 하다, 메르겐, 신의주

* 중국 네이멍구 몽골족 인권을 존중해달라고 요구하다 15년 동안 복역한
반체제 인사.
** 최근 중국 네이멍구 광산 개발로 인한 소음과 분진, 그리고 초원 파괴
에 항의하다 한족 트럭에 치여 죽은 유목민. 이 사건으로 촉발된 반정부
시위 사태는 티베트 라싸의 3·14사건이나 위그루족 우루무치의 7·5사건과
비교되기도 한다. 이 사건은 결국 중국 정부가 고의 살인 혐의로 기소된
한족 운전기사 리린둥[李林東]에게 사형을, 조수 루샹둥[盧向東]에게 무기징
역을 선고하면서 종결되었다.

부이르 호수

　처음으로 더듬더듬 인간의 말을 그 따스한 울림을 배우고 처음으로 인간의 마을을 그 가냘픈 하늘을 사랑했던 고향을 넘어 다시 핏줄이 부르는 대로 헤를렌 강을 건너 끝없는 평원에 들어섰다. 숨 몰아쉬는 대로 지평선이 두근거린다. 막 올라온 검은 구름장 밑으로 붉은 빛살이 쏟아진다. 둥근 지평선 한쪽이 이글이글 반짝인다. 오, 부이르* 호수, 빛이 몰리는 국경쪽 수평판을 물속에 뛰어든 일행들이 뜨겁게 달군다. 반짝이는 물결로 젊은이들은 국경선 근처 조부의 고향을 떠올려보고 반짝이는 물결로 노인들은 시간의 심연 속으로 들어간다.

　우리가 핏속에서 핏속으로 흐르며
　한 인간을 꿈꾸던 그 옛날
　주몽이 무골, 묵거, 재사**를 만나
　함께 이르렀던 흘승골은 어디인가?
　토지 비옥하고 산천이 험난하여

주몽이 도읍으로 정하고 싶었던 곳,
그러나 궁실은 짓지 못하고
비류수*** 가에 오두막을 짓고 살았던 곳
이웃 몽골인과 가슴 설레며 옷자락 스치고
피와 돌풍과 하늘을 섞던 곳

초원에서 우연히 말 보러 가다 만나면
석인상**** 서쪽에 사는
몽골 여인들은 왼손을 들고
동쪽의 코리**** 여인들은 오른손을 들어
반갑게 인사를 나눴다는 그곳이
창꼬치가 은빛 비늘에 톱니 감추고
몰려다니는 호숫가 그 어디인가?

할힌골 전투******가 일어난 긴 골짜기엔
핏줄기를 따라 올리아스 숲이 자리 잡았고
잔 받친 채 가부좌하고 있는
목 떨어진 석인상 주위엔

기름진 참비름만 모여 있을 뿐
아득한 초원 한쪽에는
번개를 삼키는 빗금 친 구름들
소리 죽여 풀잎에 매달린 송장메뚜기들
구멍 숭숭 뚫린 모래 둔덕을
낮게 낮게 날아오르는 새들
수평선을 휘말아오는 파도를 향해
누군가 소리치고 딴 곳 딴 사람을 그리워해도
가슴에 울리는 낯익은 피의 고동 소리
흰 물결, 고운 모래, 고요히 흔들리는 수초
가슴에 울리는 낯익은 피의 감촉

고독과 침묵밖에 가진 게 없어도
훈훈히 다가왔다 멀어지는
인기척 같은 둥근 노을테
흰 옷 입은 호수의 주인******이
아직도 호수 북쪽 바위에 앉아 마지막 빛을 베
푸는가?

아무 생각 없이 호수를 돌아서는 순간

눈에 가슴에 발바닥에

푸르게 요동치는 물결 소리,

귀 기울여보면 어린 시절부터 들리던 핏속의 물
결 소리,

그 출렁이는 물결을 타고 젊은이들이 일제히 떠
다닌다.

파도가 밀려올 때마다 심연 속에 잠겼다가

으스름 속에 잔잔히 떠오른다, 황도광처럼.

* 부이르 호수(길이 40킬로미터, 너비 21킬로미터)는 몽골에서 세 번째로 큰 호수이다. 이 호수로 중국과 국경을 이룬다. 대흥안령 산맥 남단에서 발원한 할흐 강이 이 호수로 유입된다. 연어, 창꼬치, 말조개 같은 어류와 패류가 많다. 1미터 80센티미터 정도 되는 식인 물고기 톨(Tol)과 30센티미터 이상 되는 조개도 있다. 부이르 호수는 동노르, 조개호수, 패이호(貝爾湖) 등으로 불리기도 한다.

** 《삼국사기》 〈고구려본기〉에 의하면 주몽이 모둔곡(《위서》에는 "보술수에 이르렀다"고 기록되어 있다)에 이르러 세 사람을 만났는데 당시 묵거는 마름옷을 입었고 무골은 중옷을, 재사는 삼베옷을 입었다 한다. 훗날 이 세 사람은 고구려의 개국공신이 된다.

*** 역사학자 수미야바타르 교수(현재 울란바타르 대학교 대학원장)는 1975년 《몽골과 한민족 선조들의 인종 · 언어학적 상호관계에 관한 문제에 대하여》라는 저술에서 한민족의 한줄기가 부이르 호수 유역에서 유목 생활을 하다가 북부여(고구려)를 세웠다 한다. 그의 가설에 의하면 비류수는 몽골의 부이르 호수이고 흘승골은 부이르 호수로 흘러드는 할흐 강이다. 최근 언어학자 최기호 교수(현재 울란바타르 대학교 총장)도 〈주몽의 졸본부여는 할힌골에서 시작했다〉는 논문을 통하여 주몽이 건넌 강은 압록강이 아니라 아무르 강(흑룡강)이고 북부여 최초의 성읍은 오녀산성에 있지 않고 동몽골 할힌골에 있다고 주장했다.

**** 최기호 교수는 이 석인상을 북부여(고구려)인들이 주몽을 존경하는 의미로 세운 주몽상이라 한다. 이하 몽골인과 코리인 관련 구전 내용은 최기호 교수의 현장 답사 체험에서 인용했다.

***** 한 · 몽 관련 역사 · 언어학자들, 가령 수미야바타르, 최기호, 박원길 교수 등은 코리(khori), 꾸리, 쿠리, 고구려, 고구리 등의 명칭을 구분하지 않고 하나의 족속으로 이해하고 있다.

****** 노몬한 전투. 1939년 만주와 몽골의 국경 지대인 노몬한에서 일어난 일본군과 몽골 · 소련군 간의 대규모 충돌 사건. 최근 우리 영화 〈마이웨이〉에서 소개된 바 있다. 당시 관동군에 동원되었던 한국 참전 병사들 중 살아 돌아온 병사들은 주로 후방 보급 부대원들이었다고 한다.

******* 몽골 민속 신앙에 의하면 부이르 호수의 주인은 흰옷 입은 여인인데 그 여인이 호수 북쪽에 있는 바위에 앉아 사람들에게 자비를 베푼다 한다.

초원의 빛으로

한강과 임진강이 소용돌이치며
먼 바다로 나가는 합수머리
살얼음 낀 개펄에
재두루미 떼 내리는 늦가을

한국은 새 천년을 맞이하려고
분쟁 지역에서 부쳐온
철모와 탄알과 탄두를 녹여
평화의 종을 만들었습니다.
몽골은 할흐 강 유역에서 관동군을 물리친
탱크 포신 30센티미터를 보내왔습니다.

임진각에서 평화의 종이 울릴 때마다
초원의 빛이 터져 나갔습니다.
초원의 빛은 할흐 강의 은빛 물결 소리와
올리아스 숲의 푸른 바람 소리를
지평선을 넘어가는 양 떼의 울음소리를 되울려
할힌골 전투에서 살아남은 병사들의 어두운 기

억을 달래고
　깃발을 쥔 채 이름 없이 스러진 영혼들을
　온누리에 떠도는 피 맺힌 원혼들을 감싸 안았습
니다.

　그 초원의 빛을 타고 재두루미 떼도
　부이르 호수를 지나
　다리강가 숨텅터이룸*에서 숨 고르다가
　살얼음 낀 개펄로 날아들었습니다.
　소용돌이치는 합수머리 물살이 잔잔해집니다.

* 몽골 수흐바타르 아이막(도) 다리 강가 솜(군) 지역 이름. 이 다리 강가
일대는 돌하르방 같은 석인상과 고구려와 고려의 제단들이 남아 있다. 그
리고 이 일대는 늪지나 호수가 많아 시베리아에서 한국 철원이나 서해안
으로 날아가는 독수리, 고니, 재두루미 등 겨울 철새들의 중요한 이동 경
로가 되고 있다.

끝없는 평원

끝없는 평원*을 가로막는 막대기 하나
'당신은 신분증을 검문 받으십시오'

국경 경비대 검문소에 여권을 내고
면회소에 붙은 가게로 들어갔다.
젊은 애 엄마가 막 교대한 초병에게
가족사진 한 장을 보여준다.
초병은 고개를 흔든다.
잘못 찾아온 것일까?
아니면 오늘 중으로는 만날 수 없다는 것일까?

겔도 양 떼도 없이
하늘만 가득한 최전방 초원길,
어디서 어디로 가는 차들인지
어느새 차들이 늘어서 있다.

하루 종일 지평선을 넘어온 사람들이
하나둘 쏟아져 나와

아무 데나 구름을 깔고 앉아 이야기를 한다.
구름이 흐르는 것도 잊어버리고
길이 불붙는 것도 잊어버리고

* 원래 지명은 메넝 평원이지만 별칭으로 '끝없는 평원'이라 한다. 이 평원의 끝에 주몽이 성읍했다는 홀승골이 있다. 홀승골은 지금의 할흐 강(할힌골)인데 이 지역에서 1939년 5월부터 8월까지 할힌골 전투가 일어났다.

할힌골 1

풀빛들이 굽이쳐 온다.
온몸에 스치는 타안* 향기 끝에
탄내 나는 지열
지층에서 끝없이 지평선이 올라와 가물거린다.

흙구덩이에 빠진 군용차를 끌어내고
러시아 병사와 함께 웃는
송곳니가 이름이 된 몽골 병사, 소여** 도르찌
할힌골 전투 끝난 후
서로 수소문해 다시 한 번 마주친 환한 얼굴들,

그 아래 지층에서 올라온 할머니는 어두운 얼굴,
으슥한 시간에 굶주린 밀정 하나
반갑게 맞아들여 음식을 차려주고
곤히 잠든 사이 경찰에 고발했다던가?
그 두 사람이 다시 한 번 순수히 만나는 지층은
어디에 있는가?

초원길은 갈라졌다 모아지고
둥둥 떠 있는 야생 구름 밑엔
무리 잃고 두리번거리는 가젤과
긴 말뚝 위의 독수리,

국경선 쪽으로 갈수록 지평선이 흔들린다.

* 타안은 달래. 가축이 이 풀을 먹으면 살찐다. 사람은 겨울 지나 봄에 아
플 때 아스(유제품)에 꽃을 섞어 한 숟가락씩 먹는다.
** '소여'는 몽골말로 송곳니라는 뜻. 도른너드 아이막 솜베르 솜 승리 박
물관에는 1939년 할힌골 전투 당시 발행된 신문들이 전시되어 있는데 여
기 인용된 소여 도르찌와 할머니 이야기는 이 신문에서 발췌한 것이다.

다리 강가에서 보내는 편지

그대를 한 번도 본 적이 없지만
내 앞에 가는 그대를 느낍니다.

오늘은 모래 늪에 푹푹 빠지며
숨팅 터이룸*에 왔습니다.
그대 발길 지워진 자리에서
각시풀이 반기는군요.
가는 뿌리를 비비면 더욱더 빨개지는 풀
해 기우는 것도 모르고
읍내 냇둑에 앉아 뿌리를 비비며 신랑 신부 놀이
하던 꼬맹이들은 지상을 떠났고 나는 그대를 따라
작은 호수들이 떠 있는 숨팅 터이룸에 왔습니다.

작은 구릉이 고구려 성터였군요. 동불상과 항아
리, 거란 시대의 나무 재료와 하르호린의 초록색
장식이 나왔다는군요. 근대 나무 재료도 나왔다
니 고구려인이 아니더라도 이곳에 사람이 깃들 만
한 무슨 정기가 흐르는 모양이지요. 돌로 쌓은 제

단 아래쪽엔 기왓장들이 흩어져 있고 산줄기들은 멀리 물러나 있습니다. 단숨에 한 줄로 그은 듯한 고원 쪽으로 도요새들이 날고 있습니다. 그 뒤에 쇠재두루미와 고니 떼도 보이는군요. 북방으로 머리를 둔 나보다 먼저 그대와 새 떼들이 서해안에 도착하겠군요. 나도 중간 기착지를 생각해야겠습니다.

사람이 붐비는 곳, 발등을 밟아도 어깨를 부딪쳐도 모르는 곳, 괴로워도 괴로움을 모르는 곳, 사람을 피할수록 사람이 무서운 곳, 저녁 6시, 나랑톨 시장 한구석에 쭈그려 앉아 알탕 어워형 우산을 세우고 손금이나 별자리, 혹은 은하수를 파는 사람을 지나고 싶습니다.

숨팅 터이룸 탯줄을 벗어나면
바라도즈** 할아버지의 사막의 숲을 거쳐
헝거린 엘스***, 모래 산맥으로 가겠습니다.

한 생각인 듯 나도 그대도 오는 즉시 가고 있습
니다.

* 수흐바타르 아이막 다리 강가 솜에 있는 지명. 숨팅 터이룸이란 말은 물
이 여기저기 모여 있는 상태를 말한다.
** 남고비에서 온갖 채소를 재배하고 타마리스크 등 묘목을 키우는 할아버
지(71세).
*** 모래 언덕의 길이는 180킬로미터, 높이는 100~300미터. 모래의 양은
몽골 전체 양의 2.7퍼센트에 해당한다.

뭉흐 하이르항 산*

허공에 불끈 솟아올라
산맥 형체만 남긴 알타이.
황막한 협곡들 벌어지면서
툭 터져 나오는 빙하의 물소리,

물과 바람과 산과 구름을 맞댄 나지막한 토담집들.
영희와 철수가 튀어나올 것 같은 흙내 엉겨 붙은 오랑캐족** 마을에서 빙하를 찾아 나선다. 먼지 이는 황량한 산길 초입, 독수리 떠 있는 낡은 나무다리 위에서 머리 땋은 소녀가 쳉헤르 강***을 향해 소리 지른다, 아이들은 물속으로 쏙 들어가 나오지 않고 따가운 햇빛만 소리 따라 굴러가다 반짝인다. 소녀가 돌아서는 순간 산 사이로 하늘 들어오고 푸우우 떠오르는 해맑은 얼굴들, 고무줄 위의 노란 얼굴들,

'무찌르자 오랑캐 몇 백만이냐'
터진 손등으로 이마의 땟자국 문지르며

으슥하도록 부르던 고무줄 노래들
가파른 물결에 휩쓸려 나가고
아린 물소리만 높이 울려온다.

　돌산 위에 돌산, 고원 위에 고원, 오를수록 만년
설 멀어지고 흐려지는 연둣빛 빙하수, 급류, 맨발,
물때, 편마암, 치솟는 사면에 엷게 뿌리 내리는 구
름, 초원에서 벼랑으로 바위 틈으로 막 돌아오는
눈표범의 숨결,
　하얀 꽃 받쳐 들고 잎 층층 올라오는 하늘꽃****
앞에서 나는 거칠게 숨을 몰아쉰다. 머리를 후려
치고 휘젓던 회오리들 빠져나간다. 하늘금을 지
우고 뭉흐 하이르항 산이 다가온다. 바싹 다가오
며 희미하게 살아나던 설산 봉우리들 물러나면서
아득히 푸른 능선만 돌아온다. 빙하를 울리는 굉
음도 날카로운 얼음 구멍도 잊어버리고 나는 깊은
눈빛 속으로 기어든다.

바람이 지나갔는지
물소리가 스며들었는지
고독했었는지 살아 있었는지
내가 기억하는 건
뼛속을 에이는 찬 기운과
영혼의 빛이 도는 눈부신 품속.

눈발 속에 따뜻한 영혼이
갈상 1

건널목 저편에서 손 크게 흔들고
틈새길로 사라지던 당신,
어디서든 우연히 만난 이와 이야기하고
전화번호를 적고 깊은 손 흔들던 당신,
가는 곳 어딘지 모르지만
당신이 떠난 자리에는
흰 구름과 물소리와 바람 소리가 스쳤습니다.

지난해 여름
졸로 씨네 수퍼였던가요?
할힌골 전투 생존자를 보고 싶다고 하자
할힌골 솜에는 90세 넘은 몽골인 두 사람이 남아
있지만
말도 못하고 사람도 알아보지 못한다며
바바리코트 안주머니에서
이름 빼곡히 들어찬
모서리 닳고 닳은 수첩을 꺼내어
한 장 한 장 넘기던 당신,

길 잃은 초원길에서 외딴 겔로 들어가
길을 묻고는 오오 하고 웃음을 날리던 그 손에
침을 묻혀
수첩 마지막 장까지 넘기며
90세, 93세, 95세
울란바토르에는 모두 러시아인뿐이군요, 하면서
먼 곳을 바라보던 당신,
당신이 바라본 곳이
바로 그 먼 곳이었군요.

첫눈이 흩날리는 날
당신이 가던 그 틈새길을 지나
나도 그 먼 곳을 바라봅니다.
당신이 손을 흔들 때마다
눈발이 쏟아집니다.
가슴이 따뜻해지는군요.
사는 곳 달랐어도 부리야트,

우리가 가는 길은 한 길이었군요.

온종일 같은 길을 걸었습니다, 꿈속같이.

라샹 바위를 지나다
갈상 2

라샹 바위에는
붉은 염료만 남은 그림 아래
말 도장과 파스타 문자

눈에 좋다는 라샹 물방울은
아직도 온 힘 기울여 맺혀 있다.

네모무덤 춤추는 여자를 찾아
빈데르 산에 오르다
중턱까지 한참 앞서 오르다
갈상을 생각했다.
언제나 한 발 물러나 있던 갈상
사진 찍을 때나 웃을 때나
뒷줄에 물러서서
일행들이 다 웃고 난 뒤
마무리하듯 미소를 남기던 갈상

그가 태어난 봄바트는

호수가 있던 자리에서 얼마나 더 가야 하는지
연둣빛 초원을 가로지르는 홀흐 강
그 끝에 아득한 오논 강

그 옛날 호수에서 걸어 나와
수없이 말도장을 새긴 사람과
아름답게 코뿔소를 새긴 사람은
같은 부족 같은 사람이었을까?
발길에 차이는 차히오르 하나 주워
빈데르 산 바위굴에 들어갔다.
구석기 시대에서 올라오는 갈상을 생각했다.

(바위수첩, 바위책, 바위서고
바위 한 장에 추모시를 쓰고 싶었다.)

잘 가시오, 갈상
노란 야생화 사이에서
무슨 훈기 같은 게 다가왔다.

송악산 외 4편
강화평화전망대에서*

김일영

강화 제적봉 평화전망대 망배단에서
실향민이 피어낸 향이 먼저 길을 내고
그 길을 따라 간 실향민의 기도가 쌓여 있는
한강 건너 송악산
근육질의 어깨가 무겁다

박연폭포에서 숭양서원으로 갈 때
차창으로 보았던 송악산
개성 시민조차도 송악산에 오른 사람이 없다고
했다
육탄10용사**만이 송악산에 오른 것일까

네트를 넘나드는 군인들의 족구공처럼
구름은 한강을 넘나드는데
송악산에 발목을 잡힌 하늘이 마침내
가을을 내려놓고 있다

경계도 중력도 무시한 노숙의 구름들이

송악산 머리 위에서 다투는 동안

한남정맥 문수산을 막 걸어나온 사람들이

망원경에 스미어 렌즈길을 따라 송악산으로 간다

*2008년 9월에 개관한 강화평화전망대는 왼쪽은 예성강이 오른쪽에는 한강과 임진강이 서해바다와 합류하는 갯벌이 펼쳐져 있고, 북한과 1.8킬로미터 떨어져 있어 육안으로 북한 사람들의 일상생활 모습, 농사짓는 모습, 개성공단, 송악산 등을 가장 가까이에서 볼 수 있다.

** 1949년 5월 4일 북한군에게 점령당한 개성 송악산 고지를 탈환하기 위해 포탄을 안은 채 적진으로 뛰어들어 적의 진지를 분쇄하고 산화한 열 명의 군인.

매리설산 1
위뺑*

위뺑의 아침은 설산에서부터 온다
매리설산**이 붉어지는 동안 오우진메이***는
말에게 안장을 얹으며 무슨 말을 하나
밤이면 별들이 내려오는 경건의 땅, 위뺑
등산화 발자국 소리는 위뺑을 밟고 지나
매리설산에 가까워진 만큼
기도 소리는 매리설산에서 멀어지고
만년설산의 눈물만이 계곡을 채운다
굳게 닫혀 있던 대문이 헐리며
훼손당한 위뺑의 고요에
설산과 함께 남아 있는
희망 한줄기는
말에게 밤새 안녕을 묻는
오우진메이의 붉고도 흰 아침이다

* 위뺑촌은 티베트 불교 8대 성산 중 하나로 꼽히는 매리설산 자락에 있는
장족 마을이다. 몇 년 전까지만 해도 위뺑촌은 오지 중의 오지로 세상에
알려지지 않았으나, 최근 들어 진입로가 밝혀진 후 위뺑을 다녀간 여행자
들 사이에서 입소문이 나면서 마을의 신비함이 소개되고 있다.
** 중국 윈난성에서 제일 높은 만년설산, 가와격박봉(해발 6,740미터)이 가
장 높으며, 주변에 평균 높이 6,000미터가 넘는 봉우리 열세 개를 태자십
삼봉이라 부른다.
*** 열일곱 살 소녀 마부.

매리설산 2

룽다* 거는 여인

신폭**에 몸을 적시었는지
여인은 온몸이 젖은 채
룽다를 걸고 있다
"저스섬머?"*** 라고 말을 건네자
얼굴에 맑은 미소를 얹어
룽다를 가리키며 설명을 한다 아마도
"룽다에 쓰여진 법문이 바람에 날려
나와 세상을 구원한다"인 듯하다
여인은 짧은 답변을 마치고
손에 룽다를 쥔 채로 합장을 하며
고개를 숙인다
숙인 고개 뒤로
신폭의 폭포수가 동그랗게 말리더니
그녀에게서 후광으로 모인다
순간, 나는
나도 모르게 손을 모으자
후려치듯 나를 훑고 지나가는 가는 폭포수

길게 걸린 룽다가
여인의 후광처럼 잘게 펄럭인다

* 라마교의 법문이 인쇄된 오색의 천. 티베탄족(장족)들은 바람을 매개로 인간 세상 모든 곳에서 복 있게 해달라고 바람 잘 부는 언덕이나 능선에 만국기처럼 매단 룽다를 걸며 라마교의 정신을 실천한다.
** 티베트인들이 성스럽게 여기는 폭포. 매리설산 제와제런봉에서 떨어진다. 티베트인들은 그들의 성산인 매리설산을 순례하고 신의폭포(신폭)에 몸을 닦아 죄를 씻어낸다고 한다.
*** '이게 뭐예요?'라는 의미의 중국말이다.

매리설산 3
니농길*

만년설 녹아 흐르는 니농하(尼農河)

눈잣나무 낙엽 아래 숨은 숨결

숨가쁘게 받아 척박한 땅 밝히며 흐르는 길

아득한 물소리 올라올 때쯤

그대의 숨은 숨결 긴 호흡으로 몰아쉬면

모퉁이 돌아 어딘가

한줄기 빛만 남기고 홀연히 멀어지는 길

햇살 한 입 문 새를 따라

절벽으로 스며들어 가보면

나도 길이 되는 니농길

* 위뻥촌-니농촌-시땅촌으로 이어지는 길. 위뻥촌에서 니농하를 따라 니농 협곡 돌산 허리를 파서 만든 절벽 길로 이어지다가 란창 강(메콩강 상류) 을 따라 시땅까지 이어지는 20여 킬로미터의 길.

매리설산 4
차마고도*

티베트 사람들의 삶이 서린 길, 차마고도
새의 걸음으로 쥐의 걸음으로 가야만 한다
천 길 낭떠러지에 트인 한 뼘의 흔적
내가 길을 가는 것인데 마치 길인 척 서 있다
호흡 조절하고 몸 추스르고
한 걸음 한 걸음
멈추어 선 다음
호흡 조절하고 몸 추스르고
한 걸음 겨우 또 한 걸음
또 멈추어 선 다음……
세상의 첫 걸음
걸음마의 시작도 이러했으리

티베트인의 행상길 차마고도는 스스로
고통을 겪으며 수행하는 순례길이었구나

나는 여기까지 어떻게 온 것일까?

설산 가는 길 외 2편

손필영

바람이 휘감는 황량한 고산길,
구름이 휘감는 거대한 눈덩이,

만년설산* 거꾸로 서 있는 산 호수에 들어앉았
다가 구름 따라 일어선다, 가슴 베이며 빙하물에
밀릴수록 왔던 곳에서 멀어진다, 빙하물길 따라
흔들리는 풀꽃들.

하얀 솜조각 꽃잎
새파란 꽃잎, 주홍 꽃잎,
손톱보다 작은 수 수 만 만 꽃잎들
한 잎 한 잎 다른 빛을 뿜어내고 있다.

계곡에 넓게 퍼진 빙하물을 건넌다, 잠긴 발목
에 얼음이 배긴다. 풀꽃 스친 바람이 달려와 훑어
준다, 온몸으로 타고 오르는 찌릿한 기운. (내 발
이 뿌리? 풀꽃처럼 피라고요? 얼음물에?)

*알타이산맥에 있는 뭉흐 하이르 항 산으로 해발 4,200미터.

172

부이르 호수

구름 꽃잎 날리며 달려오는 바람,
바람에 쓸리면서 기다리는 노을,

부이르 호수에 이르자 초원을 돌려보내고 사람
들은 붉은 호수로 뛰어든다. 몽골사람도 한국사람
도 노을에 감싸여 아이처럼 첨벙거리자 물살도 환
하게 번진다. 호숫가 모래 둔덕에는 촘촘한 구멍
들, 제비들이 노을에 싸여 구멍 속으로 들어간다.
호수와 노을과, 제비가 안고 있는 하얀 알

어느 사이 먹구름, 검은 하늘,

번개, 번개, 호수에서 오르는 듯한 빛줄기. 멀
리서부터 천둥이 달려왔다 달려 나간다, 우르르르
잠시 모인 혈족처럼.
길게 올라간 전봇대 위의 새 둥우리, 몇 마리 새
가 우릴 보고 있다.
사방의 입구를 열어놓고

구담습지

구담습지 파헤쳐진 모래구덩이 옆으로
아직 맑은 물길이 얇게 흐른다
말조개가 길게 줄을 긋고 걸어간다
아기수달 따라 에미수달 발자국도 지나간다

조금 위로
말조개가 긋고 가던 말조개의 길이
햇빛에 말라 비틀어져 끝이 났다

아기수달도
물길도

구름장수 외 3편

윤석영

그리워 이끌리는 날엔
구름장수가 되고 싶어

때론 파란 하늘을
구름으로 흐르고 싶어
매화마름이었다가
저어새였다가
섬이었다가
황소였다가
강이었다가
바다였다가
마음껏 울고 싶은 날엔
소낙비였다가

다시 구름으로 돌아와
마음대로 흐르고 싶어

이끼와 향기

때론 이끼이고 싶어
향긋한 흙바닥에 마음껏 뒹굴다
한강과 임진강이 예성강과 만날 때
그 신바람에 송글송글한 땀방울을 식히고 싶어
강가의 맨질한 돌들 불러와
한나절 내내 함께 쏘다니다
다시 땅바닥에 착 달라붙어서
부드러운 솜털이 숲속 향기가 될 때까지
마구 흔들리고 싶어

설이

그새 누가 다녀갔다

고갯길 너머 꼬부랑 산길 외할머니댁
어린 시절 무섭고도 그리운 밤길
아침 일찍 나서도 어둑해져서야 닿던 무척이나
먼 길
그렇게 멀리서 누가

높이 매단 광주리에서
오래 아껴 둔 사탕이며 과자를 온갖 부침이며
전을 꺼내어
손주들 손에 꼭꼭 쥐어주시던 외할머니 같은 누가
하얗게 억새처럼 흔들리는

겨울 아이

금세 넘어가 버리는 짧은 겨울 해

해질녘까지 산등성이에 올라 연에 불려 가다
밤하늘 별 하나, 하나에 눈 맞추던 아이
날 저물도록 시린 손 호호 불어가며 얼음지치기
하다
신열로 겨울밤을 꼴딱 지새우던 아이

온몸이 달아오르는 겨울밤이면 엄마 품에 불려
가던 아이
품속에서 아득히 들려오는 노란 꾀꼬리 울음소리
향기로운 산들바람에 일렁이는 봄숲
봄숲에 매달린 새집, 새집에 매달린 아이
반짝이며 뒤집히는 연둣빛, 뒤집히다 혼절하던
아이

그새 하얀 귀밑머리로 돌아앉았다

겨울 도치 외 3편

이성일

겨울 도치는 뼈가 없다
제 몸의 뼈를 녹여 먹으며
겨울을 버티기 때문이다.

대학 강사들에게도 그런 겨울이 있다. 대부분의
강사들은 2년마다 한 학기씩 강제로 쉰다. 비정규
직 근로자를 2년 이상 채용하면 정규직으로 전환
해야 하는 법조항을 대학이 악용하기 때문이다.
말이 한 학기지

가족의 생계를 책임진 가장에게
8개월은 지독한 계절이다
명백한 근로기준법 위반이지만
배운 것이 도둑질이라 때려칠 수도 없는,

겨울 도치는 바닥에 붙어 산다
배꼽 같은 빨판으로 악착같이
바닥에 붙어 사는 것은

파랑을 헤쳐나갈
뼈가 없기 때문이다, 도치처럼

한겨울 씸퉁이*처럼 재활용센터에서 막노동을
할 때다. 먹물에 젖어 희멀건 몸이, 요령도 모르면
서 비지땀만 흘리는 꼴이 가여웠는지, 노가다판에
서 땀 흘리면 삼대가 망한다고, 작업반장 최 씨가
웃으며 거든다.

노가다판에서 땀 흘리면 삼대가 망한다고? 쉬엄
쉬엄 하라는 말인 줄은 알지만 막노동에 서툰 몸
과 심통뿐인 생각이 말귀를 닫는다.

작업반장 최 씨는 열네 살에 과수원 일꾼으로
머슴살이를 시작해 노가다판에서 잔뼈가 굵었다
고 한다, 아내도 만나고 아이들도 키우면서 사는
듯 싶게 사는가 싶었는데, 마음만 앞세우다 공사
판에서 왼쪽 다리를 다치는 바람에 지금은 가족이

뿔뿔이 흩어져서 산다고 한다.

　땀방울로 쏟아지던 숱한 이름들
　먹물로 새긴 마르크스나 레닌, 푸코 같은 이름
들이
　재활용 파쇄기의 소음이며 먼지며
　열기에 녹아 땟국물로 줄줄 흐를 때
　최 씨의 말이 소금발로 몸에 밴다

　자본주의 사회에서 몸을 빼앗기면
　꿈도 사랑도 뺏긴다는 말이다

　사방에서 훅, 짠내가 터진다
　파도처럼 달려드는 쓰레기더미에서
　몸도 꿈도 빼앗기지 않으려고
　도화선처럼, 타들어가는 뼈와
　터질 듯 부풀어오른 근육으로
　살맛 나는 세상을 뿜어 올리는 저

겨울 도치들

*도치과의 바닷물고기. 암갈색의 타원형이며 원뿔 모양의 돌기로 싸여 있다. 생김새가 '심통맞다' 하여 주문진에서는 '심퉁이'라고 부른다.

고래 숨처럼 짜고 단단한

그녀가 운다
뚜껑없는 집*,
지상에서 반지하로
평지에서 골짜기로
쫓기듯 또 흔적 없이
내몰리던 삶이
물처럼 뚝 뚝
떨어진다

뚝 뚝
떨어지는 눈물에
바닥이 출렁인다
모가 난 바닥의
네 귀퉁이 둥글게
퍼져 나간다, 눈물 위로
저 망망한 물덩어리 위로

죽을 힘을 다해 솟구치는

고래가 보인다, 물 위로
숨을 올린 고래가
하얗게 찍어놓은
발자국이 보인다

죽자고 살아도
죽지 못해 살아온
세월의 흔적처럼
허옇게 말라붙는 숨

잠시 젖어 있던 숨이
가슴에 말라붙으며
바닥처럼 단단해진다

이사철마다 출렁거리는
바닥의 네 귀퉁이 위로
바다가 한없이 내려 앉는다

* 1982년에 촬영한 항공사진에 찍힌 국공유지의 무허가 건축물. 토지소유
권이 없는 건축물.

봄은 빚쟁이들에게서 온다

오늘만 잘살면 되는 건데
내일까지 살고 온 날은
잠이 오지 않는다

뒤척이지 않으려고
산에 오른다
봄 기운이 계단을
산길로 바꾸어도
녹번동 벼락바위에
절벽처럼 붙어 있는
집들은 소란하다

이 동네의 봄은
빚쟁이들에게서 오기 때문이다

몇 마디의 고성이 오고 가고
끝끝내 버리지 못했던
세간살이가 부서진 후

담배 연기가 담벼락에
창문을 그린다

평지에서 솟아오른
십자가의 불빛들을 지우며
누가 산길을 올라온다
웬 밤중에 등산이냐고 물으려다
집이 근처냐고 묻는다
머뭇거리다 숨 한번 쉬더니
수색에서 왔다고 한다
수색에서 여기까지는
버스로도 사오십 분,
숨 한 번 더 크게 몰아쉬더니
낮에는 빚쟁이들 때문에
나올 수 없다고 한다

그에게 산은
숨과 계절이 드나드는

계단일까?

그가 마시고 뱉는 숨이
가파를 때마다
꽃 피고 새 울어도
오지 않던 봄이

빚쟁이들과 함께
오고 오는 걸까?

매미와 함께 탱고를

땡볕에 달구어진 동작구청 앞이다
필사적으로, 상도 3동
강제 철거를 반대하는 철거민들의 확성기에
구청주택과 공무원과 주변 상인들과
철거민들이 멱살잡이를 하고 있다

매미가 운다.
쏟아져 내리는 것이
한여름 땡볕인지
매미울음 소리인지
철거민들의 절규인지

암매미는 울지 않는다. 발성기관이 없기 때문이
다. 땡볕과 계단과 골목골목을 뒤지며 종일 월셋
방을 구할 때였다. 누가 살 집인지, 어디서 오는
지는 묻지도 않고 사각의 평수와 사각의 자본으로
내일의 전망만 보여주던 집들을 지나 녹번동 벼락
바위 절벽에 벽 붙이고 이삿짐을 옮기던 날, 아내

는 참았던 울음을 터트렸다. 강제 철거가 시작되고, 일 나갔다 돌아오면 뻥 뚫린 허공에서 불쑥 포크레인이 들이닥칠 때에도 아내는 울지 않았다. 그저 눈꺼풀만 늘였다 줄였다 꿈뻑거리며 눈물만 떨구었다.

절규는 소리가 아니다
타들어가는 숨이 태우는
불꽃이다, 불빛이
살아나면서 고이는 눈물

매미가 운다, 보카항*도
주문진 선창가도 아니지만
반도네온**처럼 주름진 몸통을
있는 대로 늘였다가 줄이며 우는
매미와 함께 멱살잡이와 탱고로
뜨거워진 세상 더 뜨겁게
달아오르던 동작구청 앞이다

* 아르헨티나 부에노스아이레스의 동남쪽에 위치한 항구 도시. 탱고는 찌든 삶을 살아갈 수밖에 없었던 항구도시의 이민자들이 격정적인 감정을 춤과 음악으로 분출하면서 탄생한 음악이라고 한다.

** 19세기 중반 독일에서 아코디언을 기초로 만들어진 반도네온은 19세기 후반 아르헨티나로 건너가 탱고 연주에 널리 쓰이게 되면서 애수 띤 어두운 음색으로 탱고 자체의 성격 변화를 이끌었다.

혼자 걷다

최수현

안 보이던 노란 가로등들이
여러 개의 달처럼 보이는 밤
장바구닌 그 빛 아래 놓아두고
멀리 걸어가고 싶은 밤
이런 밤은 겨울이라도 봄 속으로 들어온 것 같네
살아 있는 동안은
매번 찾아올 봄이
나도 어쩔 수 없는
봄이 또 아릿하게 오는 것일까?
난 알고 있는데
봄이 어떻게 가버리는지도 또렷하게 기억하고
있는데
  지금, 이 물기 어린 바람은 왜 이렇게 생생하게
부는 것일까?
  이제 막 푸른 아침숲에서 태어난 것처럼

성 안 마을 외 1편

이승규

언덕 너머 우묵한 마을에 이르자 암회색 성벽이 막아선다, 둥근 벽 천천히 돌아서면 문도 없이 뚫린 성 안 길, 텃밭 사이 낮은 지붕들, 낡은 경운기 옆 티비 소리 새는 창문, 짓다 만 기와집과 문 닫은 식당 지나 금세 반대쪽 성문으로 빠져나온다, 아이들은 이미 성벽 위를 달린다, 어서 올라오라 소리친다

진도 남동리 남도진성
이런 둥글고 따스하고 자그마한 성이라면
몽골군도 왜구도 못 찾는 사이 숨죽이고
한 세월 무심히 보낼 수 있을까

남문 누각 벌거벗은 멸치처럼 무심하기엔
하나하나 무겁게 쌓여 눌린 석성
가만히 걷기에 너무 많은 비명과 눈물
말리던 멸치 집어주시며
겨울 전에 성에서 다 쫓겨날 거라고

표 끊고 입장하는 내 동네 내 집이 될 거라는
아주머니 뒤로 밀려드는 땅거미

그저 아련히 바라보기에는
아직 많은 시름과 눈물
바다가 밀려왔다 밀려가는 대로
가만히 몸 맡기는 갯벌만 쳐다보기에는

강정에서

눈발이 강정을 향해 날린다

무거워지는 눈발에 묻혀
차단벽 끼고 마을에 들어선다
대문마다 해군기지 절대반대 깃발
침범자는 가만두지 않겠다는 낙서
멀리선 구럼비해안 헤집는 중장비들

햇살 비치고
데모 행렬 지나가고
방파제에 매달려 바라보기에는
어처구니없이 맑아서 위태로운 바다
얼굴 검은 해녀 할머니들과
연산호, 붉은발말똥게의 바다

다시 눈발이 날린다
강정에 내리는 눈은 쿵쿵 떨어진다

수퍼문이 뜨면 외 5편

박성훈

달나라엔 토끼는 없지만,

저리 큰 달을 가만히 들여다보면
저리 큰 달빛 아래 가만히 서 있으면

함박눈 오는 날이었던가
아니, 함박눈은 없어도 좋아
팥죽을 먹었던가
뭐, 팥죽이 아니어도 좋아

유난히 밝았던 60촉 알전구 아래
밥상에 둘러앉은 식구들
달랑무에 짠지에 장국만 놓고도
까짓 다른 반찬은 있어도 그만
없어도 그만
알전구는 오랜 기억처럼 깜빡이는데
달그락달그락 쩝쩝 후르륵

달나라엔 방아 찧는 소리 없지만,
거기에서 들리는 소리
닿을 수 없는 저 달이
성큼성큼 두근두근
오랜 기억처럼 빛나는데

밤이 깊을수록 노랗게 물드는
나의 식구들

손금

　환갑은 족히 넘어 보이는 할머니 두 분이 서로
손금을 보신다, 자식 복을 타고 났네, 재물운은 약
하네, 잔병은 많은데 명은 기네, 다 겪었을 것들을
새삼 인정하듯, 그러나 아직 기대하는 것들을 다
시 확인하듯,

　그사이 전철은 디지털미디어시티로 접어들었다
　멀리 휘황한 광고 전광판이 내일의 복을 약속하
듯 번쩍인다
　내일이 되어도 다다를 수 없는
　내일이 새겨진 내 손금을 바라본다
　손금 따위
　손금 따위
　(얼마나 오래 살아야 보지 않을 수 있을까?)

　덜컹거리며 다시 바퀴를 힘차게 굴리는 전철이
　손금 위를 달린다

공덕행 전철 안에서

청년이 주절주절 혼잣말한다, 서울역행 급행이
아니에요. 서울역행 급행이 아니에요. 공덕행 전
철이잖아요, 공덕행 전철이잖아요. 옆에 있던 아
저씨 다가간다. 청년은 아저씨에게 소리친다, 서
울역행 급행 타야 해요, 타야 해요. 아저씨는 다음
역에서 내려 서울역행으로 갈아 타라고 친절하게
일러준다. 하지만 다음 역은 능곡. 청년이 주문을
외듯 소리친다. 문산금촌운정일산백마대곡행신디
지털미디어시티서울역, 왜 거짓말해요 왜 거짓말
해요, 우산대로 기둥을 툭툭툭, 급행은 능곡역에
안 서요, 급행은 능곡역에 안 서요. 안쓰러운 눈
빛으로 아저씨를 힐끔거리며 거리를 두는 승객들.
왜 거짓말해요 왜 거짓말해요, 툭툭툭, 급행이 아
닌 전철은 역마다 서고, 왜 거짓말해요, 거짓말이
아니라 아저씨도 잘 몰랐던 거란다. 주절대는 청
년과 잘 몰랐던 아저씨와 힐끔거리는 승객들과 안
도하는 나는 지금 어디로 가는지 알 수 없는 레일
을 지루하게 달린다. 몇 정거장을 지나 잘 몰랐던

아저씨는 주절대는 청년의 손을 꽉 잡는다, 전철
문이 열린다, 아저씨가 알려줄게. 출입문이 닫히
고, 전철이 움직인다. 청년과 아저씨 멀어진다. 침
묵도 정적도 고요도 아닌 무엇을 삼킨 듯 승객 몇
은 다시 졸음에 고개를 떨구고, 몇은 스마트폰에
머리를 처박고, 몇은 멍하게 기둥에 기댄다. 전철
은 공덕을 향해 달린다.

통영 동피랑마을*

자판기 커피 한잔 뽑아 들고
'태인 Café' 마담 할매와
강정 앞바다에서 온 물고기를 만나고,
백석의 통영에 들렀다
큰 고래와 잠시 시선을 맞추면
황두리 할매와 웬 스티브 잡스?
동피여지도를 따라온
여기가 동쪽 벼랑이구나!

삐뚤삐뚤 시멘트 벽
누더기 슬레이트 지붕 너머,
통영 앞바다
저기 저 거북선

이순신 장군이 지키려던 것은 누각이 아니다 간
밤 중앙활어시장에서 소주 마시며 쉿소리 높이던
사내는 녹슨 기침하며 새벽 바다에 갔다 외지 사
람에게 퉁 놓아 비싸게 팔던 생선 장수 아줌마는

잽싼 손으로 돈을 받았다

도마 위에 펄떡이는 도다리
시장 한 켠에 그 사내와 뱃사람들 술판
이만큼에 이만 원!
관광객 지나가고 지나가고

시장 뒤편 선명한 그림 속에
여전히 벼랑 끝 집들 창마다 불이 켜진다
흰 깃발 매달지 않기를
흰 깃발 매달지 않기를**

*통영 중앙시장 뒤 언덕 마을. '동피랑'은 '동쪽 벼랑'이라는 뜻이다. 통영
시는 마을을 철거하고 이순신 장군이 설치했던 동포루를 복원하여 공원을
조성할 계획이었다. 그러자 시민단체가 이곳에 벽화 공모전을 열어 마을
낡은 담벼락에 벽화를 그렸고, 마을 벽화가 입소문을 타자 통영시는 마을
철거 방침을 철회하였다.
** 어선이 흰 깃발을 달고 들어오면 사고가 났다는 의미라고 한다.

개비리길* 빈집

마삭줄 흐드러진 개비리길을 걷다가 만난 폐가
나무 기둥에 기와를 얹은 모양이
시멘트 벽만 아니라면 제법 그럴듯한 옛집일 텐데

누가 살다 갔을까?
대답이라도 하듯
여기저기 서걱이는 대나무 잎사귀

세상이 싫어 여기저기 떠돌던 이였을까
구불구불 비리길 따라 들어가 사람을 피해 숨어
들었을까
햇빛 좋은 날이면 강물에 반짝이는 그리움을 텃
밭 한쪽에 묻기도 했을 텐데
강 건너 마을에 피어오르는 저녁연기를 바라보
면 가족도 떠올랐을 텐데
들어올 때처럼 가벼운 여장을 꾸려 다시 어디로
갔을까
혹, 비리 끝에서 다른 세상으로 가진 않았을까

사념이 대나무처럼 쑥쑥 자라
햇빛 한줌 들지 않고,
어서 나가라는 듯
대나무 잎사귀 흉흉한 소리에 떠밀려 나온다

몹쓸 꿈처럼
바깥에서는 안 보이는
사람이 버린 두렵고 쓸쓸한 집

*창녕 영아지에서 남지읍 용산리까지 나 있는 낙동강변길. '개'는 물가를
뜻하고 '비리'는 벼랑을 일컫는 토박이말로, '개비리길'은 물가 벼랑길을
뜻한다.

구담습지에서

밤새 모래사장 뛰어다녔는지
수달 발자국 총총총 새겨졌다
안동시 풍천면 기산리 구담습지
아니, 낙동강 살리기 37공구 구담보 건설 현장,
그림처럼 한가로운 하중도에 백로 몇 마리
그 위로 매 한 마리 떠 있다
엉킨 실타래 풀듯 삶을 끌고 가는 말조개
작은 웅덩이 맴돌다 방향 잘못 틀고,
일행 가운데 누군가 소리친다
"그리 가면 안 돼, 이 녀석아. 죽어!"

8월의 아침 햇살은 뜨겁게 내리쬐는데
사마귀 말라죽은 모래사장 옆
낙동강 물줄기를 바라보는 일행을
물그림자 사람들이 가만히 들여다본다

히말라야에서의 변명 외 3편

장윤서

에베레스트 가는 길이 무서워졌습니다

볼 일 보러 나온 몽롱한 한밤, 제 앞에 저를 집어삼킬 듯한 거대한 촐라체가 서 있었습니다. 반달에 비스듬히 기대 밤하늘과의 경계를 천천히 능선으로 그리고 있던 촐라체. 산등성이 등성이마다 눈얼음이 선명해지고 그 안으로 달빛들이 모여듭니다.

달빛 반대편으로 별똥별이 스쳐갑니다. 촐라체를 한껏 휘감고 있던 바람들이 별똥별 꼬리 끝에 낚이고는 송두리째 저 어둠 끝까지 딸려갑니다. 그 바람들에 하얗게 달라붙어 있던 묵은 달빛 얼음들이 세상 제일 높은 곳에서 떨어져 주위 산들을 깨우기 시작합니다. 야크 종소리가 멈출 때까지 산들은 주거니 받거니 빙하의 노래를 밤하늘 별 사이로 끝없이 퍼뜨립니다. 나는 무엇을 하려고 했는지도 잊은 채 넋이 나간 온몸으로 그 노래를 탐하고 있었습니다.

설산의 노래로 홀린 듯 들어간
히말라야의 망자들이여
히말라야 어딘가에서
영원한 달빛얼음으로 남을 이들이여

나의 사람들
제발 용서하세요
당신들에게 발걸음 돌리기 전까지
소중한 그대들
잠시만 잊겠습니다

다른 세계에서

촘롱*에 고요히 석양이 내린다
노을 끝까지 풀어보는 한숨
고단했던 하루를 고스란히 보상받으려
수북한 달밧**을 맨손으로 먹어본다

밥이 이렇게나 따듯한 것이었구나
손에 차오르는 낯선 온기
내 육신을 존재케 하는
잊고 지낸 성스러움

젖을 먹듯 끝까지 빨아먹는 손가락
손이 얼얼하다
다른 세계에 있는 듯한 오른손
불쑥
김치를 주─욱 찢어주셨던
어머니의 붉은 손이 생각난다
어머니의 손도 다른 세계에서 왔던 것인가

안나푸르나에 석양이 가득 찬다
눈이 얼얼하다

나니 1

나니*
넌 무엇이든지 될 수 있어
너에게 인간의 이름이 새겨지기 전까지는

*NANI. 네팔어로 '여자 아이'를 뜻함. '남자 아이'는 BABU라 하는데, 네팔
에서는 남자 아이가 태어나면 바로 이름을 지어주지만, 여자 아이가 태어
나면 취학하기 전까지 이름 없이 '나니'라 부르며, 보통 별칭으로 힌두교
여신의 이름을 지어준다고 한다. 도시에서는 이런 일이 드물지만 시골에서
는 아직도 이런 성차별이 있다고 한다.

나니 2

뭐라고 불러줄까 나니
너도 옛날의 이 엄마처럼
낡고 낡은 락쉬미*란 이름을 물려줄까
계곡을 파고나온 거대한 모래바람이
너의 이름을 눈 못 뜨게 불어대고 있어
욕망의 남자들도 모래바람
그 틈에서 서성이는 너의 아빠도

너에겐 시간이 많지 않아
네 심장이 듣고픈 이름을 말해보렴
무력한 여신의 이름에 심장이 뛰지 않는다면
저 순백의 다울라기리**는 어떠니
안나푸르나***야, 노래 좀 불러다오는?
외롭고 고독한 산 이름이 무섭다면
산에 기대 잠든 야크의 종소리는 어떨까
모래바람 속 홀로 찾을 수 있겠니
네가 내 이름을 감히 말해볼 수 있겠니

엄마는 네가
내가 되어갈까 봐 두려워
그러니, 어서
이름을 꿈꿔보렴
응? 사랑스런 나의 아이야
우리들의 나니야

* 힌두교 여신의 이름으로 유지·보존의 신 비쉬누의 부인. 부와 번영의 신이라 한다.
** 8,167미터. '하얀 산'이라는 뜻을 가지고 있다.
*** 8,091미터. '수확의 여신'이라는 뜻을 가지고 있다.

콩잎 김치 외 4편
고향 1

한국호

노란 콩잎을 따고 있었지. 가을볕이 고약하게 내리쬐는데도 사방이 노래서 그랬나, 예뻤지. 송정댁 며느리가 또 사촌 출신이래, 사촌댁은 있으니 뭐라 부를까, 진주 하가니 진주댁? 사촌은 하촌이랑 가까우니 하촌댁? 그래도 자기 고향 불러줘야지, 작은 사촌댁은 어때?

나고 자란 곳을 물어 이름 붙여주던 시절
고향으로 불리다 아이로 불리다
고향도 자식도 다 떠나고
시집 온 마을 안금*에 아직 살아 있는데
여전히 서로의 고향 불러주는 할머니들
장독 안 삭힌 콩잎 꺼낸다
펄펄 끓인 물에 쪄서 짠 기 찌르르한 냄새 알맞
게 뺀 후
멸치젓 다진마늘 고추가루 섞은 양념을 묻힌다
송정댁 하연댁 구암댁 서로 부를 때마다
콩잎 한 장 한 장 켜켜이 쌓인다

입 안에서 맴도는 꺼끌꺼끌한 콩잎 잎맥

그 길 따라

그 시절 콩밭에 들어가 할머니들과 함께 노란
콩잎 따며

송정댁

하연댁

구암댁

부르면

빨갛게 노오랗게 할머니들처럼 해가 질까

* 경상남도 김해시 생림면에 있는 마을로 청주 한씨 집성촌이다.

새색시들
고향 2

할머니들이 여름 피하려 나란히 마루 그늘에 앉
아 있다
　형님 동서 사이도 잊고 말없이 바라본 햇빛 속에
며느리들이 들어선다

　"우리 송정댁 오늘 새색시 같아요" 누군가의 농
에 한바탕 웃음
　이제 시어머니를 등 뒤로 안는 며느리들이 사이
사이 앉는다

　모두 안금에 갓 시집온 새색시들이다

동행해도 될까요

락씨*를 마시고 있나요
나란히 앉아 인도 드라마 방송을 보고 있네요
말 종소리 대신 티비 소리 가득한 가게 안
말 똥오줌 냄새 대신 돼지고기 냄새 그득한 가
게 안
다리에 힘 없어진다고 라면은 먹지 않는다던 당
신이
라면을 맛있게 부셔 먹네요
친구의 친구와 인사하는 당신
돼지고기를 사양하는 당신
술 더 먹으라는 당신 안 된다는 당신
술 취해 했던 말 반복하는 당신
사십 킬로 짐 내려놓으면 모두 다르군요

이마에 두른 끈 두 손으로 불끈 지고
단단한 걸음으로 낮을 디디던 당신들이
락씨 잔을 걸음 삼아 밤을 걷고 있네요
여기선 당신도 아버지고 아들이고 친구군요

이제야 제 짐을 찾았나요

락씨가 시리게 맑은 오늘
당신들의 밤길에 동행해도 될까요
천천히 천천히
뒤쳐져도 당신들 뒤따라

* 쌀로 만든 네팔의 전통술. 한국의 소주와 비슷하다. 고산지대에선 따뜻
하게 끓여 마신다.

히말라야 별자리

라밀줄라 눈바르롯지*
저녁 식사 전에 어둠이 몰려오고
하늘에 별이 뜬다

바람 소리 웅웅거리고
아이가 칭얼거리는 소리 들린다
저 별 속에 물 끓이는 엄마
저 별 속에 따뜻한 손으로 얼굴 씻겨주는 누나
저 별 속에 막 걷기 시작한 걸음 받쳐주는 개
반짝 반짝인다
어스름한 부엌, 가까이 모여 빛을 내는
숨 쉬는 별 집들

능선에 반짝반짝 별이 뜬다

* 셰르파족이 운영하는 네팔의 숙소. 라밀줄라는 해발 3,530미터로 지리에
서 에베레스트로 이어지는 트래킹 코스 중 하나이다.

면접

약간 기우는 고개 찌푸려지는 미간
부르튼 입술에서 말이 나오기 전에
나는 안다. 매력 없는 이력, 의아함만 있을 뿐.
창 없는 강의실 밝은 형광등 아래에서
그가 내 이력서만 물끄러미 바라보는 동안
흰 벽이 사방에서 나를 바라본다.
파트. 전임. 알바. 직업. 나는 어느 코너에 진열
된 걸까.

그 가방 속에 뭐가 들었죠?
그가 묻는다.
집에 내려갔다 올라오는 길이라는 말에
저도 등산 가방에 항상 감자를 싸서 올라왔죠.
그가 햇빛에 그을린 얼굴로 웃는다.
연락드리겠다는 말 기다리겠다는 대답
면접을 끝내고 나온 길

바람이 차다.

치마에 등산 가방 메고 걷는다.
멸치볶음 오징어포 김 몇 봉지랑
서울이 따뜻해질 때까지 걷는다.

사부* 1 외 3편
부엌

오하나

이상하지?
자꾸 부엌에 들어가고 싶은 거야
아침은 아직이라 아무도 없는데
흙바닥 비스듬히 놓인 솥단지 옆에
그녀들처럼 쪼그리고 앉는 거야
나뭇가지 창살 사이 새어 들어온 빛에
뿌연 연기 속
한데 모여 밥 먹던 낯익은 얼굴들이 비쳐
화덕에서 반죽을 얇게 굽던 여자야,
방금 잡은 양을 일일이 손질하던 여자야,
아기에게 젖 먹이러 벽에 등을 기대던 여자야,
큰 쟁반을 머리에 이고 나가던 여자야,
먼 먼 누비안 사막
옛날같이 사는데
나도 모르게 닮아 있는 여자야,
이상하지
아직 내 부엌을 가져본 적 없는데도
탄내 묵직한 오래된 화덕을 보며

바닥이 새까맣게 그을린 솥에
고깃국을 팔팔 끓여 다 같이 먹고 싶은 거야

* 수단 북쪽 누비안 사막에 있는 작은 마을로 주민 대부분이 친족 관계이
며 마하스인들이다. 이집트로 잔잔하게 흐르는 나일강이 세 번째 급류를
만드는 곳이기도 하다.

사부 3
금

파라오의 배가 새겨진 암각화를 보러 사막 한가
운데로 걸어 들어간다. 발을 잡아끌던 모래 언덕
이 거대 암벽으로 바뀌고 바람도 굳어버린 듯 소
리도 미동도 없는 암벽들, 암각화를 저 앞에 두고
발길에 툭 차이는 무엇, 해골이 구른다. 금을 찾아
다니는 사람들이 땅을 파다 나왔을 거라는데 누구
인지 언제 적인지 말없이 드러난 흰 뼈들, 암벽엔
여전히 여기가 물가인 듯 노 젓는 파라오의 배와
악어 소 코끼리, 한 지평선에 뒤엉킨 고대 파라오
의 시간과 금을 캐는 이들의 시간과 묻혀 있던 해
골의 시간,

    다시 모래 언덕으로 걸어나오면
    내가 선 곳은
    땅을 파다 해골을 보고
    두려워도 더 파내려 갔을 이들의 시간
    살아 있는 건 모두 태울 듯 달려드는 태양 아래서
    수은에 중독되는지 모르고

빛나는 거라면
모래도 금으로 보이는
골드러시*
우리들의 시간

*최근 금이 난다는 소문을 듣고 수단 북쪽으로 사람들이 몰려드는 골드러
시 현상이 일어나고 있다. 사부에도 금을 캐려는 사람들이 파논 구덩이가
곳곳에 남아 있으며, 사람들은 정제 과정에서 보호 장치 없이 수은에 그대
로 노출된다고 한다.

눈 감으면
소금 호수 쵸벳*

1 검은 쵸벳

하늘도 얼굴도 물에 비치면
모두 다 검은 소금 호수

물고기 새 길짐승 아무도 안 오는데
몸에 흰 소금기 남은 사내
대야 끌고 검은 물로 들어가며
나지막이 노래 부른다

호수 한가운데 세워둔 나뭇가지 잡고
그가 물속으로 사라지면
무겁고 긴 긴 고요
흔들리는 가지 흔들리는 대야
노랫소리가 거친 숨소리 되고
기침 소리 되고 가래 뱉는 소리 되는 동안
사내는 진흙을 한 움큼씩 캐 올린다
소금 진흙 캐려고

검은 물속으로 들어갈 때마다
그의 꼭 감은 눈에는 뭐가 보일까,
기침 소리가 잦아지고
대야는 점점 채워지는데
십 년 뒤에 그는
냄새도 못 맡고
눈이 멀지도
귀가 멀지도

2 흰 쵸벳

분화구 밑에 있는 호수부터
쉼 없는 오르막길
저 너머 바람에 펄럭이는 천막 지붕이 보일 때쯤
커피콩 지푸라기 소금덩이 나뭇가지
뭐든 진흙에 발라 붙이고
소원을 비는 암벽

소금 자루를 당나귀에 실어 보내고
사내가 뒤따라 올라온다
가까워지는 사람들 소리에
목이 더 바짝 타들어 갈 때
그도 여기다 소금덩이 붙이고
잠시 눈을 감을까

빛이 쏟아진다
사내를 덮는 검은 물도
어쩌지 못하게
눈부시게,
눈부시게,

소금덩이 단단히 붙여놓고
분화구 밖으로 나가면
짠기 없는 물을 든 그의 어린 아들
시원한 바람을 몰고 달려오리

* 에디오피아 남부 소드(티 Sod)라는 작은 마을에 있는 소금 호수. 분화구에
물이 괴어 생성된 호수로 기름띠를 두른 것처럼 물이 새까맣다. 건기에만
소금을 채취할 수 있으며 '쵸벳'은 '소금호수'를 뜻한다.

티스이사트*

발전소 건설로 물줄기 약해졌다지만
울리는 소리에 이끌려 삼삼오오 남녀
강렬한 태양 아래를 걷는다

예고도 없이 뚝 잘리는 땅
와락 쏟아지는 물줄기
못 견디겠는지
누군가 물에 뛰어들고
소리치고
연인에게 안긴다

사방천지는 바람물보라함성

온몸에 물방울 돋 듯 돋다가 터질 듯
물보라 스치기만 해도 삼삼오오 남녀
가슴을 열지 않고는 못 배긴다
티스이사트
더 하얗게 타오른다

* 에티오피아 청나일 상류에 있는 청나일 폭포(Blue Nile Falls)다. 현지 사람들은 티스이사트(Tis Isat)라고 부르며 '연기 나는 물'을 뜻한다.

해인사 매표소 외 3편

김연광

매표소 가까이 다가가자
조그만 창을 여는 할머니

이제야 마수걸이하네,
들여다보니 바닥에 화투장이 가지런하다
한 평 방 안에서 어제 점친 오늘 점치고
내일도 모레도 반가운 손님이 오나 안 오나

오가는 사람 없어서
시간이 참 안 가는 해인사 매표소
차 시간 다 되어 가방을 고쳐 메는데
할머니 벽시계는 느릿느릿 간다

장경판고 나무 창살 사이로 시간이 새어 나간다
팔만대장경도 할머니도 나도
다 같은 시간

끝물

딸기철이 끝나간다
밭을 갈아 엎는다고
식구들이 밭에 가
큰 다라이 세 통 넘치게 딸기를 따왔다

우리 집 넉넉히 먹는 과일은 제철 끝물
땅에 떨어지거나 자국 나고
무르고 잘디 잔, 직접 따고 받아 온 것들

고사리손도 앉아 딸기 꼭지를 딴다
생으로 먹을 것과
얼려 놓을 것과
잼이 될 딸기를 가린다
다라이 둘레에 앉은 손이며 얼굴에
딸기물이 든다
그득하니 앉아 딸기를 딴다

저 바위 기울고 있어

팔공산

가부좌 튼 갓바위 아래
절하는 사람 따라
두 손 맞댄다
시선은 옆 사람을 향하고
몸을 수그린다
무릎이 닿고 이마를 땅에 댄다
온몸이 이마에 치우친다

저 바위 기울고 있어,

시방 어디로 기우는지 너는
먼 곳에서 부는 바람을 맞고 있다

밤새 내리는 눈

간밤에 태어난 핏덩어리 열두 마리가 방 안으로 왔다 한 겨울에 태어나는 새끼를 받느라 초저녁부터 나가 있던 엄마가 데려왔다 우리 자는 이불 속에서 꿈틀거리던 새끼 돼지

온 마을을 덮은
밤새 내린 눈

6부 몽골의 한국 시인들

몽골비칙* 외 4편

강선화

관(ТИТЭМ)을 씌우고
이(ШҮД)를 그리고
등(НУРУУ)을 꼿꼿이 세워
배(ГЭДЭС)를 불룩하게 받치고
꼬리(СҮҮЛ)를 치켜세우며
다리(ШИЛБЭ)를 힘껏 뻗어낸다.

줄 맞추어
글자들 하나하나 써내려 가면
머리엔 모자를
몸엔 델**을
발엔 뾰족한 고탈***을 신은
몽골인이 나타난다.

머리채 날리며 말 달려 길 떠나는 아버지
두 손 모은 채 먼 산 향해 서 있는 어머니
양 떼 몰고 돌아오는 외로운 목민

이리저리 잘려 나간 강의 자취
살던 고향 뒤로하고 넘어온 구릉
어느새 둥글둥글 그려지는 몽골 초원

초원 누비며 남으로 치닫는 열차
영양 떼를 쫓아 다다른 곳
형제의 나라 으브르몽골****

북으로 남으로 끊어진 땅
흘려 쓴 몽골비칙 한 구절
길고 긴 강이 되어 흐르네
톨 강 타고 바이칼*****로
헤를렌 강 타고 후룬호******로

* 몽골 전통 문자.
** 몽골 전통 복장.
*** 몽골 전통 신발.
**** 내몽골.
***** 부리야트공화국에 있는 호수.
****** 내몽골에 있는 호수.

236

푸른 물고기

바람만 머무는
얼어붙은 톨 강
봉긋이 솟아오른 얼음 언덕
물구멍 열어 찬 숨 내쉰다.

푸르른 기운 모아
얼음 구멍 안을
어지러이 헤엄치는 어미 송어

물구멍 옆 방금 생긴 얼음 꼭대기
서서히 얼어가는 얼음에 갇혀
세차게 꼬리를 흔들며
사투 벌이는 어린 송어

메마른 숲 얼음 깨는 소리
빨라지는 꼬리의 흔들림
얼음 속 깊이 빨려 들어갈 듯한 가냘픈 지느러미

팔랑거리는 작은 생명체
한번 쓰다듬고는
옥빛 물구멍에 놓아준다.

부르르 온몸을 떨어내고
푸르른 기운 찾아
물구멍 속으로 빨려 들어가는
어린 송어

집으로

늦은 해
붉은 노을빛 받으며
막 하루 일과를 끝낸 사람들이
나랑톨 시장* 골목에서
쏟아져 나온다.

터덜거리는 걸음
검게 그을린 이마
노점상들마저 짐을 챙겨
집으로 돌아가는 인파에 묻힌다.

깊은 밤
아버지 손에 매달려 오던 단팥도너츠 봉지,
졸린 눈 비비며 한 입 베어 무는 어린 딸을
흐뭇하게 바라보시던 아버지

어느새 나도 아버지 따라
그 집으로 돌아간다.

*몽골에서 가장 큰 재래시장.

누군가 다녀갔다

아이들이 도착하기 5분 전
쭈구무제 정류장에 내리자마자
언덕을 뛰어오른다.

헉헉거리는 거친 숨소리 가다듬고 들어선
어둑컴컴한 복도
새어 나오는 불빛에
가슴속 묵직한 것이 내려 앉는다.

굳게 닫힌 현관문 위
떨어져 덜렁거리는 눈창

누군가 다녀갔다

까치발을 하고
팔을 뻗어 눈창으로 넣어본다.
허공만 휘젓다 빼낸 손
내 가슴마냥 벌겋게 달아올라 쿵탁거리고

두려움에 떨리는 손
열쇠 구멍을 찾지 못한다

문을 열고 들어와
바삐 나가던 아침을 생각해내며
방방을 살핀다.

고요가
그 자리에 있지 않다

모래 폭풍

뿌연 모래빛 보그드가
이만치 와 있다

가슴속으로 파고드는 꺼끌한 모래 향

땅 위의 티끌들까지도 모아모아
동녘으로
하늘로 쓸어 올린다

밤새 우리 집 베란다 창문은
모래비로 몸살을 앓는다
아들도 몸살을 앓는다

모래 폭풍은 그렇게 앓다가
새벽녘이 되어서야 흰 눈 되어 잠이 든다

생명의 시간

계승희

1990년 12월 영하 45도

발이 꽝꽝 얼어붙는 밤, 8시, 송년 모임 마치고 아버지와 집으로 돌아가는 길이었습니다. 아버지는 넘어지지 않으려고 온몸에 긴장을 하고 걸어가는 내 손을 꼭 잡아주시면서 저 하늘에 빛나는 금성을 보라고 말씀하셨습니다. 빨리 집으로 가길 원했던 나는 잠깐 올려다보았습니다. 어두운 하늘에 유난히 밝은 별 하나가 반짝이고 있었지만 세차게 불어오는 바람 소리가 무서웠습니다. 그다음 아버지 음성은 들리지 않았습니다. 나는 불쑥 아버지 외투 주머니 속에 손을 집어넣었습니다. 따뜻한 아버지, 두 체온이 흐르면서 별도 바람 소리도 잦아들었습니다.

1991년 5월 중순, 봄의 소리

아버지와 학교 수업을 마치고 집으로 돌아오는 길이었습니다.

"저 나무의 생명력이 신기하지 않니? 파랗게 새

순이 올라오고 있다!"

새싹이 돋아나는 것이 당연했지만 내 눈에는 새싹이 보이지 않았습니다.

1998년, 아버지는 나를 몽골에 남겨 둔 채 아제르바이잔으로 가셨습니다.

황량한 광야, 가야 할 길이 멀게만 느껴졌습니다. 얼마나 가야 끝이 있을까? 돌아보면 제자리, 그래도 땀방울 흘리며 쉬지 않고 갔습니다. 문득 금성이라는 말이 들리는 듯해서 하늘을 바라보았습니다. 별의 모양이 보이기 시작했습니다. 각각 흩어져 제각기 자기 모양만을 뽐내고 있었습니다. 일곱 개의 국자 모양, W자 모양… 가고 또 가다 지쳐 잠시 멈추었습니다. 나무들의 속삭임이 들리기 시작했습니다. 나도 모르게 나무 그늘에 앉으니 바람이 다가와 주었습니다. 바람이 매섭게 몰아치던 어느 날 인적이 없는 추운 거리에서 나는 고꾸라져 쓰러졌습니다. 얼마나 시간이 흘렀을까?

아버지의 따뜻한 손이 나를 포근히 안아주는 느낌
이 들었습니다. 눈을 떠보니 강한 햇살이 내리쬐
고 있었습니다

2010년 12월 영하 35도
새벽 5시 알람 소리가 아닌 바람 소리에 잠에서
깼습니다. 교회에 가려고 집을 나섰습니다. 까만
하늘에 하얀 별들이 어우러져 반짝였습니다. 북두
칠성, 카시오페이아, 오리온자리, 금성… 별들이
서로 속삭이는 모습을 은은히 지켜보는 초승달.

그 아래 앙상하게 가지만 남은 나무 한 그루
나무는 말없이 나를 쳐다보고 있었습니다.
나도 나무를 바라보다 활짝 웃어주었습니다.
묵묵히 그 자리를 지키고 있는 그 안의 생명을
향하여.

순례길* 외 2편

권상희

광활한 초원에서
우리는 물을 만났다.

말과 소와 양 떼가 먼저 와 있었다.
말과 소와 양 떼한테 양해를 구하고
우리는 잠시 그들과 함께했다.

소똥에 묻어오는
아득한 허브향
온몸이 환히 열렸다.

하르허링을 향해 갈수록
초원에는 끝없이
뭉게구름이 피어오르다가
목화송이 같은 그림자 남기며 가고
문득 태풍이, 폭양이 지나갔다.

나는

발은 몽골 땅에
머리는 몽골 하늘에
마음은 몽골 사람들에게 두면서 걸었다.

순례길에서는 사람도 언어도 한 길이었다.

*울란바토르에서 하르허링까지 365킬로미터를 걷는 길. 몽골에 가톨릭이
전파된 지 20년을 기념하기 위해 이 길을 걸었다.

개의 시선

산사르 공부방
돌아오는 길

내게 들려진
사과 비닐봉지에
내 옆을 스치던
개의 시선이 머무른다.

나도 그 시선에
발을 멈춘다.

소똥의 향기

울란바토르에서 하르허링으로 가는 길
벌판에 흩어진 소똥을 만났다.

자연으로 돌아가는 벌판의 잡초들

소똥은
단단하게
부드럽게
자연에 스며든다.

여름밤 모기 떼가 몰려들자
그것은 향기가 되어 내게 왔다.

바양골* 아이들 외 3편

김은정

여름의 끝자락
하루 일 마치고
집으로 돌아가는 사람들 발걸음 사이로
느릿느릿
어둠이 스며드는 바양골.

마을 초입
문 열린 마가진엔
술, 담배, 마른 빵
불쑥 다가오는
높은 담장

우거진 자작나무
검은 커튼
파란 철문
(맨몸으로 땅 짚는 아이들
사지가 묶여 벌거벗은 아이들
몸으로 쓸고 다니는 아이들)

두드리고 두드려도
어둠보다 깊은 정적만 드나든다.

* 바양골은 부랴찌야 공화국의 광산 도시인 자카멘스크에서 300 킬로미터 떨어진 곳에 있는 마을. 이곳에 장애인의 집이 있는데 대부분 중증 장애인들이다. 부자들이 하룻밤 실수로 생긴 아이들을 이곳에 버렸다고 한다.

나타샤의 사랑[*]

혹한 속에 숨죽였던 바양골 봄 내음
산 메아리 울려 사무칠 때
열병처럼 찾아온 나타샤의 사랑

그녀가 가려진 커튼
낡은 카펫에 앉아 노래 부르며
한 올 한 올 수놓은 민들레꽃을 따라
살포시 나비처럼 에르덴이 들어온다

몸을 녹여주는 그의 체온
마주치는 두 눈
떨리는 입술로
사랑 고백하며 못 다한 이야기 나눈다

에르덴은 불빛 흔들리는 창가에 앉아
빨갛게 달궈진 그녀의 얼굴을
눈물로 감싸준다

밤은 깊어가고
스물여덟에 초경이 몸에 흐르는 나타샤!

*나타샤는 스물여덟 살로 하체마비였다. 에르덴은 서른두 살의 청년으로,
몸과 가슴이 붙어 입으로 그림을 그리는 화가였다. 나타샤와 에르덴 두 사
람의 사랑을 눈치 챈 장애인의 집에선 어느 날 나타샤를 아무도 모르는 곳
으로 옮겨 강제로 갈라놓았고 에르덴은 첫사랑 나타샤를 기다리다 병이
들어 죽었다. 그후 그 누구도 나타샤의 소식을 아는 사람이 없다.

오워

자카멘스크에서 울란우데 가는 길

굽이굽이 굽어진 산등성이
비탈길 내려
오른쪽은 카흐따 국경
왼쪽은 울란우데 이어지는 길

하늘을 믿는 부랴찌야인들
우물에 한 닢 던져 먼 길 기원하고
하늘 향해 우뚝 서 있는
자작나무 가지마다 파란 리본 묶어
세 번 주위를 맴돌아
산신령 앞에 안위를 빌며
하나, 둘 도시로 떠나간다.

만물의 창조주를 믿는 우리들
우물에 물 길어 발 닦고 손 씻고
나무 그늘에 앉아 숨 들이 내쉬며

모락모락 커피 향기 마신다.

어두움이 내려앉으면
배고픔을 달래기 위해
우물 찾아 동전 줍는 낯선 아이들
눈동자만 빛난다.

고요한 들판 흩어져 먹이 찾는 짐승 소리
피 냄새 퍼진다.

겨울 냄새

체이즈 시장*에서 몰고 온
텁텁한 먼지, 누르스** 냄새

사방이 막혀 숨이 차올라
빨간 김치 국물 한 대접
그립다

내일 해가 떠오르면
자작나무 가지
흔들어 하얀
눈꽃 맞고 싶다

---

* 울란바토르 시 나무 시장.
** 노천에서 캔 자연 석탄으로 몽골어로 누르스라고 한다.

장년의 남자, 악몽을 꾸다 외 3편

유동종

아, 이게 아닌데 하면서도
또, 사랑한다면서도 돌아서면 이별을 말하고

죽을 먹더라도 함께 살자던
시퍼런 맹세는 어디로 가고
저런, 그 먹고사는 일로
이젠 별거 중

밥이 하늘인가

저는 작아지고
서로가 서로의 모든 것으로
휘돌고 휘돌아
우리 생애에
다시 한 번 함께 살아보자고,

악몽을 꾸다
한 지붕 세 가족

아얄고*

눈동자 새까맣고
동그란 그 아이
오늘 오지 않았다

지난 9월
초등학교 1학년이 된 아얄고,
1+2=3, 1+2=3, 1+2=3, 3-1=2
내가 잊어버린
산수 숙제를 하던
그 테이블 위에
먹다 남은 주스 잔 그대로 있다

숙제 하다가
먹고 마시다가
아빠 일이 끝날 때를 기다리며
혼자 놀다가
심심하다가
저 닳은 장화를 벗고서

소파 위에 올라가 살며시 잠자던 아이

아얄고가 잠들면
태고에서 온 초원의 향기가
빛이 되어 흘렀다

하얀 꽃송이 머리에 꽂고
먹던 비스킷 쪼개어
말없이 나눠주던 그 아이
오늘은 오지 않았다.

* MNB 방송국에서 일하는 프로듀서의 딸의 이름으로, 아얄고(АЯЛГУУ)는
'멜로디'란 뜻이다.

공항에서

이륙 시간 23시 50분*
이미 자정이 지났는데도
안내 방송조차 없다
창밖 어둠 속에 묻어나는 낮고 음산한 소리
관제탑 너머로 두리번거린다.

이별과 만남이 함께하는 곳
서로서로 스마트폰을 끼고
유혹하는 광고 속 선남선녀와 입맞춤하며
낄낄거리며 딴짓하다가
시간을 죽이고 있다.

지난번 몽골로 들어올 때
같은 시각이었을까
시커먼 하늘에서 온갖 바람의 땅으로
두 번 착륙을 시도하다가
크르르 쉬우-웅
아슬아슬 다시 기어오르고

이제 마지막 안간힘을 쓰려던 찰나**
손에는 어찌 그리도 땀이 나는지
다시는 비행기 타지 않을 거야 속앓이를 하고
있는데
갑작스런 박수 소리,

어두운 기억은
뱀의 허물처럼 똬리를 틀고
마지막 탑승 안내 목소리는 대합실 천장 위를
맴도는데
지금 여기에서 벗어나
시간의 흐름 속에 잠시 머뭇거리는 동안
저편 기억에서 불려 나오는 소리
'떠나는 자 결코 자유롭지 못하고
남아 있는 자 멍에다'

그 소리 가슴에 울릴수록
떠남은 왜

늘 풋풋한 설렘으로 오는가.

* 몽골 징기스칸 공항에서 인천행 비행기가 떠나는 시각이다. 아주 늦은
시각에 이륙하는 것은 강한 바람 때문이다.
** 세 번까지 시도해보고 착륙하지 못하면 베이징이나 인천으로 회항한다.

울란바토르, 10월

푸르릉
한 잎 물고 온 짐 풀어놓고
이삿짐 차는 뒤꽁무니를 뺀다

몇몇 보따리
동그라니 놓여 있고
한 아낙네 그 곁을 지키고 있는데
희디흰 냉장고 하나
아파트와 아파트 사이
비집어 서 있고
쓰레기 하얀 종이 뭉치들 날파람 타고 날아다닌다

남정네 두엇
세간살이 새 둥지로 옮겨 나르고
해가 지자
가을 냉기 벌써 땅 위 흐르는데

냉장고 하나

어둠을 응시하는 슬기 머금은 눈망울 속에
웃음꽃으로 자리 잡는다

컹 컹 컹
파주 심학산* 자락에서 울려오는
무너미** 짖는 소리
갑작스럽다

가을바람 외 2편

장영아

기나긴 여름날 땡볕에 지치고
곧추세워진 어깨 내려 앉아
깊은 한숨이 터져 나오고
삐져나온 손가락 시리고
보그드 산 하얀 눈 덮여
벽담 앞에서 볕 즐기는 망태아저씨들
색바랜 나뭇잎 북서풍 구름에 실려 갈 때
남으로 발길 돌려
가을걷이 마친 빈 들 나락 내음에 잠시 쉬고
까치밥에 눈길 한번 주고
바다 갈매기 만나러 간다
한 바구니 가득 굴 따고 조개 파서
한산도 앞바다 외조모 평상에 자리 펴고
가을바람에 실려 오는 자장노래 따라 부른다.

울란바토르는 공사중 1

　지축을 가르며 단단히 박힌 콘크리트 자갈 하나
하나 캐내며
　새벽 가르는 레미콘 행렬
　땅에서 쑥 솟아오른 크레인 기지개 펴듯
　자신의 팔을 좌우로 위아래로 흔들어대고,
　단세포 생물 아메바인 양 일각을 아끼려는 듯
　증식에 증식을 거듭해낸다.
　하늘을 손바닥으로 긁어모으듯 움키고,
　흰 구름, 높쌘구름 마시듯 삼키고 있다.
　어머니가 등을 두드리시며 손을 따던 그날 밤의
눈물 구름
　크레인 손아귀에 걸려 있다.

구름

　두 손 하늘 위로 쭉 뻗어

　양털 새하얀 부분 잘라내 이쪽 하늘에 듬뿍 올려놓고

　날아가는 새 보드라운 털 빌려 한켠 채우고

　밤새 하얗게 곤 곰국 저편 하늘 위로 좌악 뿌려놓고

　언니한테 물려받아 입던 재색 블라우스 한올 한올 잡아당겨

　참빗으로 빗질하여 붙이는데

　빠아짝! 우르르르꽝!

　오그라든 하늘 품에 안겨 있네

숨 외 4편

정혜숙

고개 숙인 벼가 바람에 출렁이듯이
광활하게 펼쳐진 초원에
황금색 물결이 출렁인다.

찬란한 여름 태양조차 태우지도 못한
내뿜지도 못한 나의 의지

가던 길을 멈추어 서서
가볍게 숨을 한껏 들이마시고
숨을 멈춘 채 눈을 감는다.

숨을 마시고
숨을 고르는 사이
깊은 한숨을 타고
또 하나의 내가 빠져나간다.

벌어진 사이로

토요일 이른 아침
분홍 리본 끈으로 머리를 깔끔하게 묶어 올린
딸아이와
대충 빗어 넘긴 머리에 검은 바바리코트를 걸쳐
입은 엄마
다정히 손잡고 찻길을 가로지른다

그들의 잡은 손에 이끌려
나도 모르게 귀를 쫑긋 세우고
바짝 그 뒤에 붙어 아이와 엄마의 옆얼굴을
번갈아 쳐다보며 걸음의 호흡을 맞춘다

몇 걸음 함께하던 그들
두 사람 손이 자연스럽게 풀리고
앞서거니 뒤서거니 하더니
말없이 점점 사이가 벌어진다

벌어진 그 사이로

검정 고무줄로 머리 질끈 묶어 올린
작은 몸집의 소녀가 끼어든다

소녀가 잡을 손 찾는 사이
그들은 길 서둘러 가고
어느새 뒷모습만 남긴다

바양허쇼*

경사진 골목으로 들어서자
마을에서 밀려오는 연기 안개
메케한 냄새 타고
그을린 석탄 난로에서 끓고 있는
훈훈한 양고기 냄새 함께 따라온다.

냄새 따라 걷는다.

희뿌연 게르와 게르 사이에서
소매 끝에 때 묻은 파란 점퍼를 차려입은
예닐곱 살 먹은 노랑머리 오르나, 어유나 쌍둥
이 자매가
빠진 앞니를 훤히 드러내 해맑게 웃으며
박샤**! 하고 튀어나와 손을 잡는다.

"목도리와 장갑은?
밥 먹었니?
할머니는?"

아이들은 고개를 끄덕이며
바이가***~ 바이가~

손잡고 가는 길 바람 세차져
양팔 휘감아 아이들을 꼭 안고
바양허쇼 32번 골목길
양옆 담벼락에 붙어 있는 집 번호
넥, 호여르**** 소리 맞춰 읽는다.

교회 문을 열자
동네 큰언니 어뜨너가 보내는 미소가
포근하다.

* 울란바토르 서쪽으로 15킬로미터 떨어진 곳에 위치한 빈민 지역.
** 선생님을 뜻하는 몽골어 '박시'에 호격조사가 붙은 말.
*** '있다/계시다'를 뜻하는 몽골어.
**** '하나, 둘'을 뜻하는 몽골어.

272

말랑*의 하늘

말랑을 떠나는 아쉬움에
고개를 젖히고 하늘을 본다

구름이 엷은 띠 둘러
타원형 호수 만들어
눈앞에 바짝 다가와
숨 고르게 한다

마음의 속살 비쳐
주춤대며 단추 채우려 하자
이내 구름은 가볍게 손 떠밀며
손 닿지 않는 곳 단추까지 푼다

눈썹에 하얗게 고드름 내려앉는
단단한 겨울 가고 또 오며
마음 사이사이
사람 밀어낸 그 자리
말랑의 하늘, 구름, 호수

마음에 빛 구멍 뚫어
일렁임 멈추고 고요로 찾아와
물 되어 흐른다

초원의 사람 훈비쉬*

새파란 하늘 맞닿은 능선 위
드넓게 펼쳐진 연초록 카펫
하얀 달래꽃 모락모락 물안개로 피어오르며
긴 세월 오그라든 마음 피우는 초원

저만큼에서 손때 묻은 델**에
헝겊 끈 질끈 동여매고
공기총과 타르왁*** 거머쥐고 쏜살같이 달려와
검게 그을린 주름진 얼굴로
주춤대는 낯선 사람 걸음 옮겨
게르 안에 온몸 기대게 하는 이

타르왁찜 만들어
팔순 어머니 혀끝에 올려드리고
동네잔치 벌여 동네 사람 혀끝 녹여
도시에서 아귀다툼하며 살다 온
나그네의 무정한 마음 녹이는 이

총총한 별빛 주마등 되어
말 타다, 양 치다, 사냥하다
생사를 넘나든 얘기 술술 풀어
뒤엉킨 삶의 실마리 풀어내는 이

새의 지저귐 소리에 눈 비비고
이 빠진 찻잔 끝선까지 수태채**** 채워
찰랑임 없이 건네는 잔
마시지 못하고 들고서 어쩔 줄 몰라 하자
물끄러미 바라보다 쭈게르, 쭈게르***** 하는 이

내가 떠나려 하자
사진 한 장 찍자며 이웃을 불러 모아
노모를 중심으로 모두 자리 정해주고
이다음에 타르와 사냥하자며
마디 굵은 손가락 모아 까닥이고
석양 빛줄기 타고 물방울 반짝이는
초원의 사람 훈비쉬!

---

*몽골 남자 중에 가끔 찾아볼 수 있는 이름으로 '사람이 아니다'라는 뜻이다. 옛날에는 오래 살지 못했기에 귀신이 잡아가지 말라고 붙인 이름이라 한다.
** 몽골의 전통옷.
*** 몽골에서 사는 설치류과의 동물.
**** 녹차에 우유를 섞어서 만든 차. 몽골 사람들이 즐겨 마신다.
***** 몽골어로 '괜찮습니다'라는 뜻이다.